BBULMEDIA

스타라이프

스타라이프

1판 1쇄 찍음 2018년 4월 23일
1판 1쇄 펴냄 2018년 4월 30일

지은이 | 정사부
펴낸이 | 정 필
펴낸곳 | 도서출판 **뿔미디어**

편집장 | 김대식
기획 · 편집 | 문정흠

출판등록 | 2002년 9월 11일 (제1081-1-132호)
주소 | 경기도 부천시 원미구 소향로 17번길(두성프라자) 303호 (우) 14544
전화 | (032)651-6513 / 팩스 032)651-6094
E-mail | bbulmedia@hanmail.net
비북스 | http://www.b-books.co.kr

값 8,000원

ISBN 979-11-315-8819-2 04810
ISBN 979-11-315-8292-3 04810 (세트)

BBULMEDIA FANTASY STORY

스완나이프

정사부 현대 판타지 장편 소설

8

CONTENTS

Chapter 1

암운

킹덤 엔터 로비에는 많은 기자들이 자리를 잡고 있었다.

조금 뒤면 현재 논란이 되고 있는 유명 아이돌 그룹인 로열 가드의 리더 수현이 기자회견을 한다는 소식에 연예부 기자들이 몰려든 것이다.

그 때문인지 모여 있는 기자들은 수현이 어떤 식으로 기자회견을 할 것인지를 두고 정보를 캐기 위해 주변에 있는 다른 회사 소속의 기자들과 바삐 이야기를 나눴다.

하지만 어느 누구도 갑자기 잡힌 이번 기자회견에 대해 정보를 들은 것이 없기에 질문을 받아도 대답을 할 수 있는 기자는 아무도 없었다.

그저 그동안 연예계에 흐르던 찌라시를 토대로 나름 짐작을 해볼 뿐이었다.

"저기 나온다!"

누군가의 외침이 들리자 기자들의 시선이 다들 소리가 들린 쪽으로 쏠렸다.

엘리베이터에서 내려 단상이 마련된 곳으로 나오는 킹덤 엔터의 사장 이재명과 로열 가드의 총괄 매니저인 전창걸 부장, 그리고 오늘 기자회견의 당사자인 수현이 걸어오고 있었다.

웅성웅성.

찰칵찰칵.

기자회견의 주인공이라 할 수 있는 수현의 모습이 보이자 여기저기서 웅성거리는 소리가 들렸다.

하지만 그것도 잠시, 세 사람이 자리에 앉자 웅성거림은 멈추고 카메라 셔터 누르는 소리만이 실내를 울렸다.

찰칵찰칵. 촤촤촤촤악!

한편, 자리에 앉은 수현은 자신을 향해 번쩍거리며 사진을 찍어 대는 기자들을 아무런 표정도 없이 돌아보았다.

그런 수현의 모습을 기자들은 더욱 열을 내며 카메라에 담았다.

수현은 연말을 맞은 현 상태에서 가장 큰 이슈 메이커가 되었다.

작년 인도네시아 지진 때 자신의 위험도 무릅쓰고 인명을 구하고, 또 촬영차 들렀던 원주민 마을이 쓰나미 피해를 입자 솔선수범을 보이며 복구 잡업을 도운 일로 이슈 몰이를 하였다면, 이번 년도에는 커다란 스캔들의 주인공으로 이슈의 중심에 서게 된 것이다.

＊　　＊　　＊

기자회견 6개월 전.

부우웅.

드라마 촬영을 마치고 피로한 몸을 이끌고 집으로 향하는 차 안, 용한은 뒷자리에 타고 있는 수현의 눈치를 보았다.

잠시 눈을 감고 오늘 촬영에 대한 생각을 정리하고 있을 때, 자꾸만 자신을 힐끗거리는 용한의 모습에 수현은 감은 눈을 뜨고 운전을 하는 그를 향해 물었다.

"무슨 할 말 있으면 속 시원하게 말해."

말을 하라는 수현의 조용한 음성에 마음이 흔들린 용한은 잠시 고민을 하였다.

조금 전 회사에서 전달된 이야기를 해야 할지, 아니면 그냥 자신만 알고 넘어가야 할지 아직 결정을 내리지 못했기 때문이다.

용한이 매니저로서 연차가 길었다면 회사에서 전달된 내

용을 담당 연예인에게 이야기를 할지, 아니면 그냥 자신만 알고 있을지 확실한 기준이 있었겠지만 용한은 이제 겨우 수습을 뗀 지 1년이 조금 넘었을 뿐이었다.

"저기… 형."

용한은 자신보다 나이가 많은 수현에게 형이라 불렀다.

원래라면 담당 연예인에게 그렇게 말을 하면 안 되지만 수현은 로열 가드를 담당하는 매니저들에게 자신보다 나이가 어린 매니저들에게는 형이라 부르라고 하고, 또 자신보다 나이가 많은 매니저들에겐 형이라 스스럼없이 불렀다.

물론 몇몇 매니저들은 연예인과 매니저가 너무 가까워지면 좋지 못하다고 생각해 그러한 수현의 부탁에도 깍듯하게 선을 지켰다.

그 대표적인 인물이 바로 로열 가드의 총괄 매니저인 전창걸 부장이다.

매니저와 연예인이 가까워지면 자칫 위계가 흐려질 수도 있기에 전창걸은 밑에 있는 매니저들에게 자신의 방식을 주입시켰지만 매일 같이 있는 건 전창걸이 아닌 수현을 비롯한 로열 가드였기에 수현의 말을 따르고 있었다.

그럼에도 원래 로열 가드 멤버들이 아이돌치고는 반듯한 모범생 같은 아이돌이라 모나지 않아 전창걸 부장이 우려하는 일은 일어나지 않았다.

이 모든 것은 리더인 수현이 다른 멤버들에게 모범이 되어 솔선수범을 하기에 인기에 취해 자칫 엇나갈 수 있는 어린 멤버들까지도 확실한 주관을 가지고 있어서 가능한 일이었다.

또 로열 가드를 담당하는 매니저들도 다른 회사의 아이돌 그룹을 담당하는 매니저들과 나누는 이야기를 통해 아이돌 그룹을 전담하는 어려움에 대해 들어 알았기에, 자신들이 담당하는 로열 가드가 얼마나 모범적인 존재인지 깨달아 그들 스스로 조심하는 바도 있었다.

그렇기에 전창걸의 우려와 다르게 로열 가드와 매니저의 관계는 다른 회사의 연예인과 매니저의 관계보다 더 좋았다.

그러한 관계를 알기에 전창걸도 그 뒤로 매니저들과 로열 가드의 관계에 대해 더 이상 터치를 하지 않았다.

"그게, 조금 전 회사에서 연락이 왔는데, 형에 대해 기자가 조사를 하는 것 같다고 조심하라고 연락이 왔습니다."

용한은 회사에서 전달된 내용을 조금 순화시켜 수현에게 들려주었다.

사실 수현이 촬영을 할 때 그가 전달받은 내용은 좀 더 지저분한 내용이었다.

그 내용이란 바로 수현과 킹덤 엔터 최고의 스타인 최유진이 부적절한 관계라는 내용과 수현이 최유진뿐만 아니라 다수의 여자들과도 관계가 있다는 내용이었다.

"기자가 내 뒷조사를 하고 있다고?"

수현은 용한의 이야기를 듣고 고개를 갸웃거렸다.

기자가 자신을 취재할 만한 것이 뭐가 있을까 생각을 해 보았다.

하지만 걸리는 것이 없었다.

물론 수현도 인간이기에 사생활적으로 남들에게 밝히기 어려운 부분이 있기는 했다.

그것은 부모님에게도 밝혀서는 안 될 그런 내용이다.

하지만 그것이 불법적인 일은 아니다.

그저 개인 사생활이고 자신이야 밝혀져도 별다른 느낌이 없지만, 자신과 연관된 상대는 그렇지 않았다. 보는 관점에 따라서 활동에 치명적일 수도 있었다.

그렇기에 수현이 용한의 이야기를 듣고 가장 먼저 떠올린 것이 바로 최유진과 자신의 관계였다.

연인이라고 하기에는 나이 차이도 많이 나고, 또 최유진이 직접 수현에게 두 사람의 관계에 대해 선을 그었다. 하지만 한 달에 한 번씩 만나고 있는 것을 보면 또 아무런 사이가 아니라고 볼 수도 없었다.

굳이 말하자면 필요할 때 만나 서로 즐기는 관계라고나 할까. 최유진과 자신은 나이를 떠나 허심탄회하게 속 얘기를 털어놓을 수 있는 존재이면서, 육체관계를 나눈 사이였다.

그러나 애초에 최유진이 확고히 선을 그었기에 사귀는 사이는 아니다.

하지만 따로 약속을 정하지 않아도 종종 자신을 찾는 최유진, 그리고 자신이 최유진을 생각하는 바를 고려해 보면 그들은 엔조이를 하는 관계라 가볍게 말하기는 어려운, 그보다는 좀 더 깊은 관계였다.

그러나 연인도, 그렇다고 섹스 파트너도 아닌 참으로 애매한 관계였다.

그래서 자신과 최유진의 관계는 쉽게 정의를 내릴 수 없었다. 그 스스로조차 말이다.

그러니 두 사람의 관계는 다른 사람에게 밝힐 수 없는 가장 큰 비밀인 셈이다.

만약 이러한 비밀을 지금까지 두 사람만 알고 있었다면 아무리 정신력이 남다른 수현이라 해도 온전한 정신을 유지하긴 힘들었을 것이다. 타인에게 말할 수 없는 비밀은 그 자체만으로도 강한 스트레스를 줄 만큼 강력한 힘을 발휘하니 말이다.

다행히도 밖으로 새어 나갈 염려 없이 비밀을 공유해 줄 사람이 곁에 있기에 최유진도, 수현 자신도 마인드 컨트롤 하며 지금의 선을 유지하고 있었다.

그렇기에 용한이 처음 말을 꺼냈을 때 겉으로는 표현을 하지 않았지만 많이 놀랐다.

하지만 그것도 잠시, 두 사람이 만나는 걸 기자가 알게 되었다고 해도 두려울 것은 없었다.

자신과 최유진이 만나는 곳에는 언제나 제삼자가 함께했다.

그 존재는 바로 최유진의 매니저인 이소진이다.

이소진이 언제나 함께 자리를 하고 있었기에 기자가 알게 되더라도 변명을 할 수 있었다.

그러니 자신과 최유진의 관계가 세상에 알려져도 빠져나갈 구멍이 있다는 생각에 수현은 다른 무언가가 또 있는지 생각을 해보았다.

그러나 수현은 최유진과의 일이 아니면 자신에 대해선 꺼릴 것이 없기에 고개를 갸웃거렸다.

"나를 파봐야 나올 것도 없는데, 기자가 무엇 때문에 날 조사한다는 것이지?"

"듣기론 형하고 최유진 선생님을 캐는 것 같다고 하던데요."

용한은 조심스러운 목소리로 이야기를 하였다.

'음.'

자신과 최유진을 캔다는 소리에 수현은 깜짝 놀랐다. 아무 염려가 없다고 생각했는데 그게 아니었던 건가 싶어서였다.

"나랑 유진 누나에 대해 뒷조사를 한다는 곳이 어딘지는 들었나?"

수현은 조심스럽게 자신의 뒷조사를 하는 곳이 어딘지 물었다.

"디스팩트라는 것 같았어요."

용한은 수현의 질문에 아무런 의심도 없이 들은 그대로 알려주었다.

'디스팩트라…… . 음.'

디스팩트에서 자신과 유진에 대한 뒷조사를 하고 있다는 소리에 수현은 속으로 신음을 흘렸다.

그도 그럴 것이, 디스팩트라면 연예인들에게 악명 높은 인터넷 언론사였기 때문이다.

아니, 디스팩트에 속한 이들만 자신들을 인터넷 언론사라고 하지, 그들에게 피해를 본 사람들은 하이에나라고 부르며 아주 치를 떨었다.

디스팩트, 그들이 하는 행태를 보면 그런 말이 나올 수밖에 없다.

말로는 언론사라고 떠들면서 그들은 정상적인 기사를 취재하고 전달을 하기보단 스타의 숨기고픈 사생활을 몰래 취재하고, 그것을 가지고 거래하는 일에 취중을 하기 때문이다.

만약 거래에 응하지 않을 때면 취재한 스타의 사생활을 공개하는 것뿐만 아니라 다른 신문사나 인터넷에 터트렸다.

그러니 디스팩트에서 연락이 오면 대부분의 기획사나 연예인들은 잘못이 없다고 하더라도 자신들의 숨기고픈 비밀이 알려지는 것이 두려워 거래에 응했다.

이런 이야기를 그동안 많이 들어서 수현도 디스팩트에서 자신과 최유진의 뒤를 조사한다는 소리에 놀란 것이다.

"나야 유진 누나와 만날 때는 소진 누나도 함께 만나니 디스팩트에서 조사를 한다고 해도 뭐 꺼릴 것은 없지만, 그 자식들 진짜 할 일도 없나 보다."

속으로는 조금 떨렸지만 수현은 겉으로 봐선 아무런 변화 없는 표정으로 짐짓 뜻밖이라는 듯 이야기를 하였다.

그런 수현의 모습에 용한은 살짝 고개를 갸웃거리다 말고 운전에 집중을 하였다.

회사에서 이야기를 들은 것과는 다르게 수현에게는 약점이 없는 듯 보였기 때문이다.

비록 매니저로서 경험은 이제 겨우 2년 조금 안 되지만, 그동안 보아온 수현은 절대 빈틈이 없는 사람이었다.

"알겠어요. 그래도 회사에서 조심하라고 하니 그렇게 알고 계세요."

"알았다."

그렇지 않아도 요 몇 달 전부터 누군가 자신을 따라다니며 주시하는 듯한 시선을 느꼈었다.

그러나 막상 찾으려 하면 흔적이 사라졌기에 자신이 너무 예민해 그런 것이라 생각하고 잊었는데, 지금 와서 돌이켜 보니 자신이 누군가의 시선을 느꼈을 때는 공통점이 하나 있었다.

그것은 바로 최유진과 함께 있을 때라는 것이다.

'조심하자.'

자신이야 남자이기에, 또 젊기에 스캔들이 터져도 별 손해가 없지만 최유진은 그렇지 못했다.

우선 여자이고, 또 자신보다 나이도 많다.

거기에 한 번 결혼을 실패한 톱스타다.

그 말은 만약 스캔들이 터진다면 가장 피해를 보는 사람은 자신이 아니라 최유진이란 것이다.

그 내용이 사실이든 아니든 그건 대중들은 신경을 쓰지 않는다.

경쟁 사회에 지친 대중들은 자신들의 스트레스를 대신해 받아줄 안줏거리를 원하고 있기 때문이다.

그러니 연예인이 최대한 조심해야 하고 피해야 할 것은 그러한 대중들에게 빈틈을 보이는 것이다.

만약 스타가 빈틈을 보이면 디스팩트와 같은 언론의 탈을 쓴 파파라치에게 걸려 씹고 뜯기며 좋은 안줏거리로 제공이 될 것이기 때문이다.

*   *   *

킹덤 엔터 이재명 사장의 사무실.

사무실 안에는 방의 주인인 이재명 사장은 물론이고, 킹덤 엔터의 2인자인 김재원 전무, 그리고 홍보 이사인 박명환 이사도 있었다.

"이소진 과장 도착했습니다."

"들어오라고 해."

비서의 보고에 이재명 사장은 굳은 표정으로 대답을 하였다. 본래 팀장이었던 소진은 1년 사이 승진해 과장이라 불리고 있었다.

똑. 똑.

"찾으셨습니까?"

노크 소리와 함께 이소진이 사장실 안으로 들어와 인사를 하였다.

"앉아요."

안으로 들어온 이소진을 본 이재명 사장은 그녀에게 자리를 권했다.

'무슨 일이지?'

이소진은 본래 얼마 전 드라마 촬영을 마치고 휴식에 들어간 최유진을 놔두고 회사에서 그동안 밀린 업무를 보던 중이었다.

물론 업무가 끝나면 최유진에게 잠시 들를 예정이었다.

그렇기에 급하게 처리할 것만 처리하고 나가려던 차에 사장실로 불려온 것이다.

별 생각 없이 가벼운 마음으로 사장실에 올라왔는데, 안으로 들어와 보니 분위기가 심상치 않았다.

종종 최유진의 상태를 묻기 위해 자신을 부르던 것이 있기에 가볍게 생각을 했었는데, 분위기상 그런 일이 아님을 짐작할 수 있었다.

아직 무슨 일이 있는지 모르겠지만, 자신을 부른 것을 보면 담당하고 있는 최유진과 연관이 있을 거라 생각한 이소진은 조용히 이재명 사장이 어떤 말을 할 것인지 기다렸다.

"이 과장, 요즘 최유진 씨는 어떤가?"

평소에는 최유진을 그냥 유진이라고만 부르던 이재명 사장이 성까지 함께 붙여 부르자 이소진은 깨달았다.

'뭔가 언니에 관한 안 좋은 이야기가 들어왔나 보군.'

매니저 경력만 벌써 10년이 넘었다.

이재명 사장이 말하는 단어 하나만으로도 지금 이 자리에서 어떤 이야기가 오고 갔는지 대충은 짐작할 수 있었다.

"네, 별다른 특이 사항은 없습니다. 드라마 촬영도 끝났고, 드라마 종파티도 어제 참석을 해서 오늘부터 휴식기에 들어갔습니다. 물론 모레 RG전자의 세탁기 CF 촬영이 있으나 아직까지는 그것 외에 다른 스케줄은 없습니다."

이소진은 이재명 사장의 질문에 자신이 알고 있는 최유진의 근황에 대해 간단하게 설명을 하였다.

하지만 이소진의 답변을 들은 이재명 사장이나 김재원 전무, 그리고 박명환 이사의 표정은 펴지지 않았다.

"혹시 말이야, 최근 기자들 만난 적은 없나?"

김재원 전무는 뭔가 답답한 듯 단도직입적으로 물었다.

"기자요? 아직 인터뷰 요청은 들어온 것이 없어 따로 만나지 않았습니다."

이소진은 고개를 갸웃거리며 무엇 때문에 그런 질문을 하는지 알 수 없다는 표정으로 대답을 하였다.

"그런데 이런 사진이 들어왔어요."

더 이상 기다리지 못한 박명환 이사가 먼저 나서서 이소진의 앞에 사진 몇 장을 펼쳐 보여주었다.

'어?!'

박명환 이사가 내민 사진을 본 이소진은 깜짝 놀랐다.

최유진이 밝은 미소를 지으며 수현을 배웅하는 모습이 찍혀 있었기 때문이다.

그러자 사진을 내민 이들이 무슨 이유로 자신을 불러 그런 질문을 했는지 깨달았다.

'사장님이라도 언니와 수현이의 관계를 알아선 안 돼.'

최유진과 수현의 관계는 다른 사람이 절대로 알아서는 안 되는 극비다.

더욱이 이번 일은 자신이 함께 있었으면서도 관리를 제대로 하지 못해 벌어진 일이라 생각을 하는 이소진으로서는 비록 소속사 사장이 대답을 기다리고 있지만 그에 대한 비밀을 말할 수 없었다.

두 사람의 비밀을 지켜주기로 결심을 한 이소진은 박명환 이사가 보여준 두 사람의 사진에 대해 물었다.

"이게 뭐지요?"

"이 사진을 보면서도 이게 뭔지 모르겠습니까?"

박명환 이사는 추궁을 하듯 이소진을 압박하며 물었다.

하지만 이미 결심을 한 상태이기에 이소진은 별로 표정 변화도 없이 재차 대답을 하였다.

"예, 사진을 보니 유진 언니하고 수현이네요. 그런데 이게 어떻다는 것이죠?"

이소진은 담담한 태도로 박명환 이사를 보며 대답을 하였다.

"이사님도 유진 언니하고 수현이가 친남매 같은 사이란 것을 알지 않습니까?"

이소진은 이야기를 하다 말고 잠시 숨을 골랐다.

자칫 흥분하면 실수를 할 수도 있기 때문이다.

"사진이 찍힌 날짜를 보면 3개월 전쯤이네요."

사진 하단에 촬영 날짜와 시간이 찍혀 있었기에 이소진은 그것을 보며 대답을 하였다.

"그러니까, 아무리 친한 사이라도 이 시간에 두 사람이 함께 무엇을 했냐는 것이야. 담당 매니저가 자신이 관리하는 연예인이 무엇을 하고 있는지 모른다는 것인가?"

사진 속에서 수현과 최유진은 늦은 시간에 어떤 건물 앞에서 헤어지고 있었다.

이소진은 배경을 통해 그곳이 어딘지 잘 알고 있었다. 그에 긴장이 풀어져 안도하였으나 그들에게 속내를 들킬까 봐 겉으로는 드러내지 않고 해당 사진을 손가락으로 짚었다.

"흠. 이사님, 사진을 자세히 봐주세요."

이소진은 박명환 이사에게 이야기를 하고 있지만, 사실 지금 하는 말은 이 자리에 있는 이재명 사장이나 김재원 전무에게도 하는 이야기였다.

"뭘 보라는 건가?"

"사진을 보셨으면서도 여기가 어딘지 모르시겠어요?"

"응?"

"사장님, 한번 보세요. 여기가 어딘지."

이재명은 이소진이 하는 이야기를 듣고는 고개를 숙여 사진 속 배경을 자세히 들여다보았다.

"가만, 여긴 유진이 집이 아닌가?"

"네, 맞아요. 유진 언니 집이에요."

이소진은 이재명 사장이 사진 속 배경이 최유진의 집이란 것을 인지하자 그제야 설명을 늘어놓았다.

"사진이 찍힌 날짜를 보면, 이때가 아마 유진 언니가 한참 드라마 촬영을 하던 때일 것이에요."

"응."

이재명과 김재원 등은 이소진의 설명에 고개를 끄덕였다.

"그리고 이때 사장님께서도 아실 테지만, 수현 씨가 하는 프랜차이즈 식당 오픈에 대해 본격적으로 이야기를 하던 시기이기도 하죠."

"아!"

"어!"

이소진의 이야기를 들은 이재명 사장이나 김재원 전무는 찍힌 사진 속 장면이 어떤 상황인지 번뜩 머릿속에 그려졌다.

"네, 사장님과 전무님이 생각하시는 것이 맞아요."

두 사람이 무슨 생각을 했는지 이소진이 듣지 않고도 알고 있다는 듯 말을 하였다.

"그럼 두 사람이 프랜차이즈 식당 개업에 대한 이야기를 하기 위해 만났다는 것인가?"

"네. 사진에는 나와 있지 않지만, 당시 저도 함께 자리하고 있었습니다."

"그래요? 그런데 왜 사진 속에는 안 나와 있는 것이죠?"

박명환 이사는 아직 이소진의 이야기를 다 이해하지 못해 계속 추궁하듯 물었다.

"늦은 시각이라 유진 언니 아이들을 보느라 안에 있었습니다."

단호한 어조로 대답하는 이소진을 보며 박명환 이사는 더 이상 그녀를 추궁할 수가 없었다.

함께 있었지만 최유진의 아이들을 보느라 사진에 찍히지 않았다고 대답을 하는데, 더 어떤 말을 한단 말인가?

그리고 얼마 전 최유진과 수현이 합자를 하여 프랜차이즈 식당을 계약한 것이 연예가 뉴스에 나오기도 했다. 아직 프랜차이즈 사업을 크게 하는 것이 아니라 일단 최유진과 수현의 이름으로 1호점과 2호점만 오픈 준비를 하는 중이다.

그러니 그 어떤 얘기보다도 가장 자연스러운 해명이었다.

"여기 계신 사장님과 전무님, 그리고 이사님도 알고 계시겠지만, 현재 유진 언니의 상태가 그리 좋은 편은 아니지 않습니까?"

이소진은 은근한 목소리로 최유진이 아직도 정신적 안정을 위해 정신과 상담을 받고 있는 점을 꺼냈다.

작년 초반 이재명 사장은 최유진의 상태를 깨닫고 직접 정신과 의사를 소개를 해주었다.

극구 사양을 하는 그녀를 설득해 카운슬링을 받게 한 것이다.

지금은 나아졌지만 연예인, 그것도 대스타인 최유진이 정신과를 찾는다는 것이 외부에 알려지면 그녀의 이미지는 물론이고 킹덤 엔터의 이미지도 심각한 손상을 입는다.

그럼에도 이재명은 평소의 지론대로 회사보단 소속 배우의 케어에 좀 더 비중을 두고, 위험을 무릅쓰고 그녀를 설득하여 치료를 받게 하였다.

그 때문에 많은 안정을 찾은 최유진이 올해 드라마 촬영을 할 수 있었다.

만약 그렇지 않고 방치를 했다면 아마 최유진은 정상적으로 드라마 촬영에 임할 수 없었을 것이고, 그렇게 되었다면 차츰 하향세를 겪고 있는 그녀의 인지도는 급속도로 나빠졌을 것이다.

다행이라면 늦지 않은 시기에 치료를 받아 그녀가 심각한 우울증을 겪고 있다는 사실을 남들이 알지 못하는 상태에서 병의 진행을 낮췄다는 사실이다.

"비록 언니하고 제가 업무적으로 만난 사이지만, 벌써 언니를 담당하기 시작한 것이 10년이 넘었습니다. 이제는 제 친언니 같은 존재입니다."

최유진에 관한 이야기가 점점 진행이 될수록 살짝 흥분을 한 이소진은 어금니를 물며 이야기를 하였다.

"언니의 상태를 안 저는 한시도 언니와 떨어지지 않았습니다. 예전에 바쁠 때나 쓰던 방을 제 숙소로 꾸며놓고 함께 동거를 하고 있습니다."

원칙적으로 킹덤 엔터는 연예인과 매니저가 한 집에 있는 것을 지양하는 편이다.

매니저와 연예인이 너무 가까워지면 뒷말이 나오기 때문이다.

하지만 최유진과 이소진은 예외였다.

이소진이 최유진을 담당한 기간도 기간이지만, 두 사람은 개인적으로 친할뿐더러 동성이기 때문이다.

가끔 다른 엔터테인먼트에서는 연예인과 매니저가 부적절한 관계로 소문이 돌면서 회사는 물론이고 연예인 개인에게도 막대한 타격을 입히는 경우가 종종 발생을 한다.

그렇기에 가급적이면 연예인과 매니저는 따로 떨어져 생활을 하는 것이다.

"그러니까 이 과장 이야기는 최근 유진 씨가 개인적인 스케줄로 누군가를 만나지는 않았다는 말씀이죠?"

박명환 이사는 이소진의 설명을 들었으면서도 혹시나 그녀가 모르는 때에 사진 속의 유진과 수현이 따로 만난 것은 아닌가 의심을 하였다.

"네. 단연코 유진 언니가 저 없이 따로 누군가를 만나지는 않았습니다."

이소진은 박명환 이사가 무엇 때문에 계속해서 수현과 유진의 관계를 의심하는지 이해를 하면서도 조금 짜증이 나 단호하게 대답을 하였다.

아무리 직급이 위이고, 또 소속 연예인의 홍보를 담당하는 부서의 장이어서 그런 의심을 한다고 하지만, 같은 대답을 반복하게 하는 그의 처사가 마음에 들지 않은 것이다.

더욱이 이소진이 비록 직급은 박명환 이사보다 낮기는 하지만, 회사에서의 파워는 그 못지않았다.

일반 회사에서야 그럴 수는 없지만 엔터테인먼트, 즉 연예 기획사에서는 흔히 볼 수 있는 일이었다.

그게 무슨 소린가 하면, 바로 담당하는 연예인이 얼마나 잘나가는 스타냐에 따라 회사에서 매니저의 위상이 달라지는 것이다.

아무리 회사에서 오래 근무를 하고 직급이 더 높다고 하지만, 최유진 정도의 톱스타라면 기획사에서는 일반 이사급보다는 더 파워가 높았다.

아니, 어떤 기획사에서는 회사 사장보다 더 파워가 센 스타도 있다.

다만, 킹덤 엔터가 그런 작은 규모의 연예 기획사는 아니라 직급에 충실한 편이긴 하지만, 그럼에도 김재원 전무도 최유진에게는 함부로 대하지 않는다.

최유진도 킹덤 엔터의 주식을 보유한 대주주 중에 한 명이고 또 직급도 등기 이사이다.

즉, 최유진은 킹덤 엔터에서도 소속 연예인이란 것 말고도 정식으로 이사로서 박명환 이사와 같은 직급이다.

그러니 직급만 이사인 박명환보단 최유진이 파워 면에서 더 세다고 할 수 있다.

그런고로 최유진을 담당하는 이소진도 그만큼 킹덤 엔터 내에서 상당한 발언권을 가진다 할 수 있었다. 그렇기에 이소진이 박명환 앞에서 보다 강단 있는 태도를 보이는 것이기도 하다.

"이 사진이 어디에서 나온 것인지는 모르겠지만, 무시해도 됩니다."

무엇 때문에 불려온 것인지 확실하게 알게 된 지금, 이소진은 단호하게 선을 그었다.

두 사람의 관계를 의심할 수 있는 증거가 이 사진 정도라면 변명할 증거는 차고 넘쳤다.

그중 하나가 바로 최유진과 수현이 의남매라는 연예계에 알려진 사실이고, 또 두 번째는 내년이면 오픈할 프랜차이즈 식당이다.

수현과 최유진이 기획하고 있는 프랜차이즈 식당은 치킨이나 그밖의 수많은 프랜차이즈 식당과 같이 기존에 있던 상호의 체인점을 운영하는 것이 아니라, 독자적으로 새로이 꾸려 나가는 형태였다. 수현의 요리 솜씨가 방송을 통해 알려지면서 많은 사람들이 수현이 하는 요리를 먹어보고 싶다는 댓글을 올리면서 계획하게 되었다.

작년 여름에 수현이 아버지 생신을 맞아 해드렸던 덩어리 스테이크를 시발점으로 STV의 예능 프로그램인 김정만의 정글 라이프에서 보여주었던 정글 정식은 시청자들의 침샘을 자극했다.

그 뒤로 수현의 요리 솜씨가 방송가에 알려지면서 각종 요리 프로그램에서 수현의 섭외 요청이 들어왔다.

다만, 그런 프로그램에 모두 출연을 하지는 않았다.

드라마 촬영이 잡혀 있었기에 인기가 있는 몇몇 프로그램에만 잠깐 출연을 했었다.

그러나 수현의 요리 솜씨를 알고 있던 최유진이 수현에게 먼저 제안을 하였다. 그냥 애기를 꺼내는 데서 끝내는 것이 아니라 구체적으로 계획을 잡고, 올해 계획을 밀어붙여 식당을 오픈하기로 계약을 하였다.

그런 증거들이 있으니 악명 높은 디스팩트라 해도 두 사람의 관계를 파헤치지 못할 것이다.

이소진은 그런 생각을 하면서 눈을 반짝였다.

너무도 단호한 이소진의 대답에 박명환 이사도 더 이상 그녀를 추궁하지 않았다.

사실 그도 이렇게 압박하는 게 편치는 않았다. 하지만 홍보 이사이니만큼 그로서는 어쩔 도리가 없는 일이었다.

이렇게 압박을 해서라도 스타의 비밀을 감추려 드는 매니저들에게서 숨기고픈 스타의 약점을 알아내야 나중에 일이 터지더라도 잘 대처를 할 수 있기 때문이다.

"잘 들었어요. 이 과장은 그만 나가봐요. 그리고 유진이 좀 더 신경을 써주고요."

"예, 알겠습니다."

이재명 사장의 말에 이소진은 대답을 하고는 밖으로 나갔다.

이소진의 모습이 사라지자 김재원 전무는 안도의 한숨을 쉬며 말했다.

"별거 없다니 다행입니다."

"그렇긴 하지. 하지만 아직 유진이의 상태가 불안정한 것이 불안해."

이재명 사장도 이소진의 이야기에 안도를 하면서도 또 한편으로는 최유진의 정신 건강이 아직은 정상이 아니란 것에 마음이 불안했다.

이혼 후 심각했던 우울증 증세가 많이 호전되기는 했지만 아직까지는 전문가나 이재명 사장처럼 최유진을 아주 잘 아는 사람이라면 그녀가 정상이 아니란 것을 알아볼 수 있었다.

그러니 혹시라도 사진을 보낸 디스팩트의 기자가 이러한 최유진의 상태를 알게 될 것이 걱정인 것이다.

"드라마 촬영도 끝났고, 휴식기에 접어들었으니 지금처럼 잘 숨길 것입니다."

김재원 전무는 걱정스러운 듯 이야기하는 이재명 사장을 위로하였다.

비록 지명도가 예전만 못하지만 그래도 최유진은 최유진이다.

이번 드라마도 대박까지는 아니었지만 시청률 20%를 넘긴 20.6%의 성적을 거뒀다.

"이야기를 들어보니 이소진 과장이 잘 케어를 하고 있는 듯 보이니 안심이 됩니다. 다만, 드라마도 20.6%로 성공적으로 끝났는데, 세탁기 CF 하나만 촬영하고 접는다는 것이 아쉽습니다."

최유진의 건강 상태 때문에 돈이 되는 광고 촬영을 하나만 하고 끝내는 것이 너무도 아쉬운 박명환 이사였다.

그의 직책이 홍보 이사다 보니 어쩔 수 없는 직업병과도 같은 생각이었다.

＊　　　＊　　　＊

조지훈은 출근을 하자마자 편집장에게 찾아갔다.

며칠 전 넘겨준 사진의 결과를 듣기 위해서다.

1년여를 쫓은 결과물의 결실을 확인하는 일인지라 그의 발걸음은 너무도 가벼웠다.

비록 결정적인 증거를 찾아내지는 못했지만, 편집장도 자신이 찍어 온 사진 정도면 충분히 논란을 만들어낼 수 있을 정도의 증거라 말을 했었다.

그러니 잘만 하면 1년의 고생이 헛되지 않을 것이란 생각에 기분이 좋았다.

사실 최유진의 뒤를 쫓는 것은 여간 힘든 일이 아니었다.

이혼을 한 뒤로 그녀의 생활은 너무도 무미건조했다.

외부의 시선을 신경 쓰는 것인지, 아니면 자신과 같은 기자들의 시선을 피하기 위해선지 외부 활동을 거의 하지 않았다.

스케줄도 몇몇 광고 촬영을 하는 것 외에는 흔한 여가 활동이나 이성을 만나는 일도 없었다.

그러다 우연히 톱 아이돌 가수 중 한 명인 로열 가드의 리더 수현이 그녀의 집에 드나드는 것을 발견했다.

그것은 참으로 아주 우연한 기회였다.

3개월여를 쫓은 끝에 찾아온 기회를 주지훈은 놓치고 싶지 않았다.

편집장은 최유진에게서 더 이상 찾아낼 것도 없다며 손을 떼고 다른 먹이를 찾아보라 했지만, 조지훈은 자신이 발견한 것을 그냥 놓치면 두고두고 후회할 것이란 생각에 포기할 수가 없었다. 해서 급하게 찍는 바람에 제대로 초점 조절이 되지 않은 사진이나마 서둘러 편집장에게 보냈다.

그 뒤로 취재비를 받아내는 것은 어렵지 않았다.

하지만 그것도 1년이 넘도록 결정적 증거를 잡아내지 못하자 편집장의 인내도 끝이 났다.

그래서 어쩔 수 없이 결정적인 증거는 아니지만 수현이 최유진의 집에서 나오는 다른 사진을 디밀었다. 이번에는 좀 더 선명히 찍힌 사진이었다.

1년여 동안 찾아낸 증거가 그것 하나뿐이라 속으로 많이 불안했는데, 편집장은 그것만으로도 충분하다고 이야기를 했다.

자신은 아직 그 사진만으로 무엇을 만들어낼지 알 수는 없었지만 편집장은 그 사진으로 충분하다는 판단을 내렸다.

그래서 조지훈은 오늘 그 결과를 듣기 위해 회사를 찾았다.

"편집장님, 저 왔습니다."

1년여의 고생에 대한 보상을 들을 것이기에 조지훈은 밝은 표정으로 미소를 지으며 편집장에게 인사를 하였다.

자신이 찍은 사진으로 인해 다른 사람이 피해를 볼 수 있다는 생각은 그의 머릿속에는 전혀 들어 있지 않았다.

그저 자신의 이득이 얼마인지가 궁금할 뿐이다.

그런데 조지훈의 인사를 받은 편집장의 표정이 좋지 못했다.

밤새 무슨 일이 있었는지는 모르겠지만, 편집장의 표정이 굳어 있는 것에 조지훈은 잠시 불길한 예감이 들었으나 금방 그런 생각을 떨쳐 냈다.

"무슨 일 있으세요?"

"아씨. 킹덤에서 기사를 낼 테면 내라는데…… 뒷맛이 개운치 않아서."

편집장은 조지훈의 물음에 인상을 쓰며 대답을 하였다.

'킹덤?'

킹덤이라면 자신이 준 사진과 연관이 있는 문제였다.

"설마 킹덤에서 최유진과 정수현이 집에서 헤어지는 사

진을 보여주었는데도 딜을 하지 않더란 말입니까?"

조지훈은 킹덤이란 말만 듣고도 지금 편집장이 자신에게 무슨 이야기를 하는 것인지 깨달았다.

"그래. 다른 곳 같았으면 어떻게든 우리와 딜을 하려고 할 텐데, 반응이 이상하다. 너, 다른 증거는 없냐?"

편집장인 김일수는 인상을 한 번 찡그리더니 조지훈을 보며 물었다.

"편집장님도 제가 가진 사진들 보셨잖습니까? 그나마 편집장님께 드린 사진이 설계를 하기 가장 잘 나온 것입니다."

"젠장. 이것들을 어떻게 조지지."

김일수는 조지훈의 이야기를 듣고는 자신의 머리를 헝클어뜨리며 소리쳤다.

조지훈이 가져온 사진들은 많았지만 사진 속에 최유진과 수현 두 사람만 나온 사진은 그것이 유일했다.

다른 사진 속에는 최유진과 수현뿐만 아니라, 최유진의 매니저인 이소진이 함께 자리하고 있었던 것이다.

그 말인즉, 수현과 최유진이 만나는 자리에는 언제나 최유진의 매니저가 동석을 하고 있었다.

그러니 자신들이 아무리 스캔들 조작을 하려고 해도 최유진의 매니저도 함께하는 자리였다는 것이 밝혀진다면 아무런 소용이 없게 되는 것이다.

그 때문에 어떻게 해서든 사진을 조작하고 싶었지만, 요즘은 일반인들도 그래픽 조작 기술이 높아져 금방 조작 여부를 밝혀내기에 그랬다가는 도리어 법적으로 처벌을 받을 수도 있어 하고 싶어도 할 수가 없었다.

기술의 발전이 지금처럼 원망스러운 적이 없었다.

자신들의 일이 편해지기는 했지만, 반대로 조작을 하기는 더욱 어려워졌다.

세상일이 다 그렇듯이 나쁜 점이 있으면 좋은 점도 있는 거지만, 현재로서는 나쁜 쪽으로 크게 작용하고 있었다.

"하, 새X들. 그냥 항복하고 딜을 받아들이면 좋은데."

"그럼 돈 못 받는 겁니까?"

김일수의 한탄에 조지훈은 지난 1년여간 고생을 한 것에 대한 보상을 없을 수도 있다는 생각이 들자 물었다.

"그럼 새X야, 제대로 사진을 찍어 오던가!"

김일수는 이 상황에서도 돈 생각을 하는 조지훈의 태도에 화가 나 소리쳤다.

"편집장님이 그 정도면 충분하다면서요."

"그게, 네가 제대로 건수를 잡아 왔다고 느꼈는데, 저쪽 반응을 보니 아니잖아."

김일수는 입장이 불리해지자 며칠 전 자신이 한 말을 번복하였다.

"너, 정말로 최유진과 수현이 그런 관계라는 것 확실한 거야?"

자신이 한 말을 번복하는 것도 부족해 그는 조지훈이 전에 했던 말까지 의심을 하고 들었다.

그래야 지난 1년간 취재비를 준 것에 대한 책임을 조지훈에게 전가할 수 있기 때문이다.

일이 잘못되었을 때 자신이야 조지훈의 말을 믿고 취재를 허락했는데, 알고 보니 모두 조지훈이 꾸며낸 이야기였다고 변명하면 책임을 면할 수 있다.

그러니 지금부터 조지훈과의 선 긋기에 나선 것이다.

원래 이런 일이 다 그렇지 않은가. 아랫사람이 잘한 일은 상사가 잘 교육을 시켜서 그리된 것이고, 잘못한 것은 그 사람이 일을 잘못 처리해서 그리된 것이라고 말이다.

*　　　*　　　*

따르릉.

"여보세요."

촬영을 끝내고 숙소로 돌아가는 차 안, 수현은 휴대폰의 벨이 울리자 얼른 전화를 받았다.

— 수현아, 나 소진 누난데.

"네, 말씀하세요."

조금 전 촬영장을 떠날 때 용한에게 들었던 이야기 때문에 고민을 하던 중 전화벨이 울리자 수현은 누가 전화를 한 것인지 확인도 하지 않고 받았다.

그러다 수화기 너머에서 들린 이소진의 목소리를 듣고 누가 자신에게 전화를 걸었는지 깨닫고 차분하게 대답을 하였다.

— 그래. 너도 들었는지 모르겠지만, 디스팩트에서 너하고 유진 언니를 캐고 있나 봐. 사진도 회사로 보냈더라.

"음."

사진도 있다는 이소진의 이야기에 수현은 낮게 신음을 흘렸다.

— 그건 너무 걱정하지 마. 내가 보니 별거 아니야. 얼마 전에 언니 집에서 저녁 먹었을 때 것이더라.

이소진이 사진에 관해 안심을 하라며 상황을 설명을 하자 수현은 적이 안심이 되었다.

"다른 것은 더 없는 겁니까?"

최유진과 자신의 관계를 알고 있는 이소진이기에 수현은 직설적으로 물었다.

자신과 최유진, 또 이소진의 관계는 참으로 복잡했다.

나이를 떠나 육체관계를 가지는 최유진과 자신, 그리고 그런 것을 알면서도 아무런 내색을, 아니, 자신에게 호감 이상의 관심을 보이는 이소진. 참으로 특이한 관계다.

그러면서도 이소진은 자신이 담당하는 연예인인 최유진과 수현의 비밀을 최대한 지켜주기 위해 노력을 한다.

사실 최유진과 수현이 대체로 최유진의 집에서만 만나는

것은 이소진의 의견으로 그리된 것이다.

남편의 외도로 우울증이 심각했던 최유진이 술기운 때문에 수현과 선을 넘어버린 뒤로 최유진은 수현에게 집착을 보였다.

수현도 술 때문에 실수를 했다고는 하지만, 어찌 되었든 당시 술에 취한 최유진보다는 정신이 멀쩡했다.

거부하려면 할 수도 있었다. 하지만 수현은 그러지 못했다.

냉철한 이성 너머로, 동경하던 최유진이 먼저 키스를 하고 육탄으로 자신에게 덤벼든 것에 대한 일말의 변명을 하며 넘어간 것이다.

하지만 날이 밝자 술 때문에 무뎌진 이성이 깨어났다.

그리고 아무리 최유진이 술에 취했다고 하지만, 자신도 잘못을 했다는 것을 깨닫고 죄책감이 들었다.

자신에게 집착을 보이는 최유진을 보면서, 죄책감에 그녀가 원한다면 결혼을 할 결심까지도 했다.

그렇지만 최유진이 원한 것은 그런 것이 아니었다.

한 번 결혼에 실패를 한 최유진은 더 이상 결혼에 대한 환상이 없었다.

그저 가끔 힘들 때 곁에서 의지가 될 존재가 필요할 뿐이었다.

그런 최유진의 의견에 수현은 수긍을 했다.

어떤 측면에선 자신에게 나쁠 것도 없는 제안이었다.

그래서 가끔 최유진이 부르면 시간을 내서 그녀와 만나 데이트를 하였다.

정상적인 남녀 간의 관계는 아니지만 이것도 나쁘지 않다고 생각했다.

그리고 화려한 겉모습 이면에 감춰진 연예계의 더러운 현실을 보게 된 뒤로 수현은 자신과 최유진의 관계도 그런 것 중 하나라 생각을 하며 인정하고 넘어갔다.

하지만 그렇다고 최유진과의 관계에서 죄책감이 사라진 것은 아니다.

어찌 되었든 관계가 소원해진 상태에서라고는 하지만 당시 최유진은 유부녀였고, 남편이 있었다.

그러니 최유진이 이혼을 한 것에 본인이 어느 정도 작용을 했을 것이란 생각에는 변함이 없었다.

— 일단 그렇게 알고, 당분간 언니와 만나는 것은 자제하자. 언니에게는 내가 이야기할 테니 유진 언니는 신경 쓰지 말고, 넌 드라마에만 신경 써.

"알겠어요."

— 그래, 그럼 이만 끊을게.

"네, 들어가세요."

탁.

이소진과 통화를 마친 수현은 살짝 미간을 찌푸렸다.

처음 용한에게서 들은 것보다는 나은 소식이었지만, 최유진을 생각하니 골치가 아팠다.

그러면서 최유진과 자신의 뒤를 쫓는 디스팩트 기자에 대한 짜증이 일었다.

'쓰레기 같은 새X들.'

수현은 생각할수록 연예부 기자라 떠드는 자들에 대한 짜증이 확 일었다.

연예인이 되기 전에는 연예인들의 뒤를 쫓는 연예부 기자에 대해 별다른 생각이 없었다.

하지만 최유진의 보디가드가 되면서 자주 겪다 보니 연예부 기자에 대해 생각하게 되었고, 직접적으로 연예인이 된 지금에 와선 그들이 기자로 느껴지지 않았다.

기자라면 공공의 이익을 위해 사실을 적어 국민에게 알려야 함에도, 그들은 자신이 알게 된 연예인에 대한 이야기를 부풀리고 왜곡을 한 뒤 그것이 진실인 듯 내보냈다.

그 뉴스가 사실이 아니라고 뒤늦게 밝혀져도, 기사를 내보낸 기자는 언제 그랬냐는 듯 말을 바꾸고 오리발을 내민다.

그러한 모습을 보아온 수현으로서는 그들을 기자로 인정하지 않았다.

그리고 이번 일을 계기로 수현은 그러한 연예부 기자들에게 적개심이 들었다.

Chapter 2
조지훈의 집념

미니시리즈 '전쟁의 신 아레스', KTV에서 야심차게 내
놓은 수목드라마다.

　편수만 24부작으로 미니시리즈치고는 꽤 장편이라 할 수
있었다.

　더욱이 이 드라마의 총 제작비만 해도 120억 원이나 들
어간 대작이다.

　물론 미니시리즈 중에 아레스가 제작비가 최고로 많이 들
어간 작품은 아니다.

　그 이전에도 제작비가 그 정도 들어간 대작들이 있기는
했지만 대부분 세트장 건설 비용으로 들어간 것이었기에,

남양주 세트장이 건설된 뒤로는 드라마를 위한 전용 세트장 건설 비용은 그리 많은 비중을 차지하지 않았다.

그럼에도 아레스의 제작비가 이렇게나 많이 들어가는 이유는 다름 아닌 많은 해외 촬영과 CG 때문이다.

드라마의 제목에서도 알 수 있듯 아레스는 첩보 멜로 드라마다.

첩보면 첩보지 첩보 멜로는 뭐냐 하면, 음모와 배신, 암투가 주인 첩보원들 속에서도 남녀의 애틋한 사랑이 숨어 있었기 때문이다.

그렇다고 극중의 긴장감이나 액션이 약한 것도 아니다.

전쟁의 신 아레스 촬영에 동원된 액션 배우만 200명이 넘었다.

그 때문에 하나의 액션 스쿨로는 감당이 되지 않아 대형 액션 스쿨 두 곳과 계약을 맺어 촬영을 하였다.

그도 그럴 것이, 첩보 액션 장면을 찍다 보면 총격전이 난무한다.

그런데 전 장면에 죽었던 인물이 다음 회에 또 나온다면 그것만큼 시청자들의 몰입감을 떨어뜨리는 요인이 없었다.

그 때문에 전쟁의 신 아레스의 CP는 대본에서 죽었던 액션 배우는 과감하게 다시 출연시키지 않았다.

그러다 보니 액션 배우의 수요가 늘어나게 되어 제작비도 늘어나게 된 것이다.

대신 들인 노력만큼 드라마의 완성도가 높아져 저절로 시청률까지 고공 행진을 하였다.

2000년대에 들어서면서 엄청난 제작비가 들어가는 대하 드라마를 제외하고는 좀처럼 30%대 드라마가 나오지 않았다.

전쟁의 신 아레스처럼 미니시리즈 중에 그나마 30%대 초반의 시청률이 나온 드라마라고는 작년에 수현이 조연으로 출연을 했던 '울프독' 정도다.

울프독 또한 전쟁의 신 아레스 이상의 제작비가 투입된 드라마였기에 아레스 제작진도 최소 울프독이 기록한 시청률은 나오기를 바라고 있었다.

그런데 제작진의 예상을 깨고 아레스의 시청률은 그보다 높은 38.9%를 찍었다.

조금만 더 하면 꿈의 시청률인 40%도 가능할 것만 같았기에 아레스 촬영 현장은 즐거운 분위기 속에서도 후끈한 열기가 가득했다.

하지만 그런 촬영장 분위기와 살짝 떨어진 인물이 있었다.

드라마 주연 배우 중 한 명인 수현이었다.

다른 사람들과 살짝 떨어져 혼자 사색에 잠긴 그의 표정은 살짝 굳어 있었다.

그도 그럴 것이, 요 근래 주변에서 자신을 주시하는 시선이 느껴진 때문이다.

며칠 전 용한에게 이야기를 들었고, 또 최유진의 매니저인 이소진에게서도 주의를 들었다.

뿐만 아니라 자신이 속한 아이돌 그룹인 로열 가드의 총괄 매니저인 전창걸에게도 주의를 들어 조심을 하고 있는데, 그 뒤로 자신을 주시하는 시선이 느껴진 것이다.

한두 번도 아니고. 그렇다고 들키지 않는다면 모르겠는데, 오늘 아침 숙소를 나서다 딱 마주쳤다.

물론 마주쳤다는 것이 바로 앞에서 대면을 했다는 것은 아니다.

먼 거리에서 도촬을 하고 있는 것을 두 눈으로 목격을 한 것이다.

숨어서 도촬을 하던 사람은 우연이라 느낄지도 모르지만 수현은 아니었다.

거리상으로는 멀리 떨어져 있었지만 자신과 눈이 마주쳤다는 것을 느낄 수 있었다.

그런데 그런 시선이 드라마를 촬영하는 내내 느껴진 것이다.

아마도 아침에 도촬을 하던 자가 촬영장 안까지 들어온 것 같았다.

관계자 외 인물이 드라마 촬영장까지 들어왔다는 것은 무척이나 심각한 일이다.

스타라이프

촬영 내용을 미리 스포를 할 수도 있기 때문에 제작진에서는 이를 엄중하게 경계를 한다.

그럼에도 촬영장에 들어왔다는 말은 촬영 허가를 받은 인물이란 소리나 마찬가지다.

그 때문에 수현은 이를 심각하게 받아들인 것이다.

'어떻게 된 것이지? 설마 디스팩트 말고도 또 날 뒷조사하고 있다는 말인가?'

수현이 출연하고 있는 드라마 전쟁의 신 아레스가 KTV에서 제작을 하는 것이니 어쩌면 KTV에서도 뭔가 눈치를 채고 조사를 하는 것일 수도 있었다.

하지만 그런 생각은 떠올리기 무섭게 바로 지웠다.

그도 그럴 것이, KTV가 미치지 않고서야 왜 자신들이 제작하는 드라마의 주연 배우 중 한 명인 자신의 뒷조사를 한단 말인가? 제작 기간이 남아 배우를 대체할 수 있는 것도 아니고, 한창 시청률 고공 행진을 하고 있는 드라마의 주연 아닌가? 그런 배우의 뒷조사를 한다는 것은 말도 되지 않는 일이었다.

한참 그것에 대한 고민을 하고 있을 때, 전쟁의 신 아레스의 주연 중 또 다른 한 명인 정운성이 그에게로 다가왔다.

"무슨 세상의 고민을 혼자 다 짊어진 것 같은 표정을 하고 있어?"

정운성은 아직도 대한민국에서 최고의 미남 배우라고 꼽는 남자 배우 중 톱으로, 일명 연예인의 연예인이라 불리는 사람이다.

그 이름값만으로도 킹덤 엔터의 최고 배우인 최유진을 능가하는 그런 배우다.

정운성과는 드라마를 함께 찍으면서 무척이나 가까워졌는데, 지금은 친형제와 같이 친해져 촬영 중 잠깐 시간이 나면 장난을 치기도 한다.

지금도 수현이 오늘 하루 종일 표정이 좋지 못한 것을 본 정운성이 수현에게 다가와 농담을 건네며 이유를 물어왔다.

"별거 아니에요."

"별거 아니긴. 네 표정이 지금 네 상태가 심각하다 말하고 있는데."

연기 인생만 20년 가까이 되는 정운성이다.

상대의 표정만 봐도 현재 컨디션이 어떤지, 심리 상태는 어떤지 정도는 금방 알 수 있었다.

연기란 것이 그렇지 않은가? 다른 사람이 되어 그 사람을 대신 표현하는 것이 바로 연기인데, 그러려면 명배우가 되는 가장 기초적인 조건이 바로 관찰력이다.

대상에 대한 관찰력이 부족하면 자신이 맡은 배역에 대한 표현을 제대로 할 수 없다.

그런 면에서 미남 배우라고 불리는 정운성은 또 다른 한

편으로는 연기파 배우라는 말도 듣는다.

잘생겼으면서도 연기도 잘하는 그런 배우 말이다.

그러니 수현의 표정에서 그가 무슨 고민을 하고 있는지 정도는 금방 파악이 되었다.

"한번 내게 말을 해봐. 무슨 문제인지 해결을 해주진 못하더라도 조언 정도는 해줄 수 있다. 내가 이래 봬도 연기만 20년째다."

수현의 긴장을 풀어주기 위해선지 정운성은 되도 않는 너스레를 떨며 분위기를 환기시켰다.

그런 정운성의 노력에 감동을 한 것인지, 아니면 조언이라도 듣고 싶었는지 수현은 오늘 있었던 이야기를 들려주었다.

물론 무엇 때문에 기자가 붙은 것인지는 이야기하지 않았다.

눈치가 빠른 정운성에게 자신과 최유진의 관계가 들킬 수도 있었기 때문이다.

"그게…… 촬영 중간에도 그런 시선이 느껴지더라고요."

"음."

수현의 이야기를 모두 들은 정운성은 곱게 미간을 찌푸렸다.

디스팩트의 기자가 붙은 것 같다는 수현의 이야기에 정운성도 짜증이 난 것이다.

그 또한 디스팩트에 이를 가는 연예인 중 한 명이다.

대한민국을 대표하는 미남 배우면서 또 한편으로는 결혼을 못한 노총각 배우이기도 한 정운성은 사실 몇 년 전 결혼을 할 뻔한 적이 있었다.

하지만 안타깝게도 현재 그는 미혼이다.

일반인과 만나던 중 디스팩트에서 그러한 사실을 포착하고 폭로를 한 때문에 일반인 상대의 신상이 공개가 되면서 정운성의 팬들에게 심한 악플 테러를 당했다.

그 충격에 그 사람은 연예인, 그것도 모든 여자들의 로망인 정운성과의 연애도 포기하고 떠났다.

그 뒤로 정운성의 연애 운이 끝난 것인지 호감이 가는 상대가 나타나도 상대측에서 정운성을 피했다.

그런 일이 몇 번 반복이 되고, 이제는 정운성이 연애에 대해 포기를 한 상태다.

그러다 보니 디스팩트에 대한 감정은 디스팩트에 피해를 본 여느 연예인들 못지않게 좋지 못했다.

그러니 수현의 이야기를 들은 그의 표정도 수현 못지않게 굳어졌다.

"이대로는 안 되겠다. 감독님께 이야기를 하자."

지금 여기서 정운성이 말하는 감독님은 촬영 감독이 아닌 아레스의 담당 PD를 말하는 것이다.

주로 영화를 찍는 정운성은 오랜만의 드라마 촬영이라 종종 PD를 영화에서처럼 감독님이라 불렀다.

영화에선 연출을 맡는 것이 감독이고, 드라마에선 PD니 둘 다 맞는 말이기는 하다.

그렇지만 두 분야에서는 각각 현장에 맞춰 자신들 용어를 사용해 불렀다.

"괜찮을까요?"

수현은 조심스럽게 물었다.

자신이 비록 이번 드라마에서 주연 중 한 명이라고는 하지만 이제 겨우 드라마 두 편에 출연하는 신인이다.

그런데 그런 자신의 일로 담당 PD에게 이야기를 한다는 것이 약간 꺼려졌다.

하지만 정운성의 생각은 달랐다.

드라마 성공을 위해선 잡음이 흘러나와선 안 된다.

비록 전쟁의 신 아레스의 촬영이 이제 막바지로 접어들고 있다고는 하지만, 그래서 더욱 마무리가 중요했다.

"괜찮아. 이런 일은 감독님도 알고 있어야 돼."

정운성은 그렇게 말을 하고 카메라 감독과 의논을 하고 있는 김태윤 PD를 찾아갔다.

그런 정운성의 행동에 수현도 어쩔 수 없이 뒤를 따랐다.

*　　　　*　　　　*

"감독님, 잠시 이야기 좀 할 수 있을까요?"

한참 카메라 감독과 이야기를 하던 중 정운성의 갑작스러운 난입에 놀란 김태윤 PD는 한동안 그를 쳐다보며 아무런 말도 하지 못했다. 정운성이 심각한 얼굴로 얘기하자고 분위기를 잡으니 무슨 일이 벌어진 건가 싶어 당황한 것이다.

하지만 곧 정신을 차리고 대답을 하였다.

"알겠습니다."

다른 사람도 아니고 주연 중에서도 이번 드라마의 메인이라 할 수 있는 정운성이 이야기를 하자고 하는데 거절할 PD가 누가 있겠는가? 드라마국 국장도 정운성이 이야기 좀 하자고 말을 하면 하던 이야기도 중단을 하고 따라나섰을 것이다.

하던 이야기가 중단이 되었지만 얼추 논의할 것은 끝냈기에 간단하게 전달 사항을 끝내고 정운성 곁으로 다가갔다.

"그래, 무슨 일입니까?"

김태윤 PD는 정운성에게 무슨 일인지 물었다.

그런 김태윤 PD의 질문에 정운성은 조금 전 수현에게 들었던 이야기를 그에게 들려주었다.

그러자 김태윤 PD는 정운성에게서 시선을 돌려 수현을 쳐다보았다.

"방금 정운성 씨에게 들은 이야기가 사실입니까?"

김태윤 PD는 심각한 표정으로 수현에게 확인을 하려는

듯 질문을 하였다.

그 또한 연예계 폭로 기사를 쓰는 디스팩트에 대해 별로 좋은 감정을 가지고 있지 않은 사람이다.

잘 찍은 드라마가 그들의 쓰레기 같은 기사 한 줄로 망하는 일이 한두 번이 아니다.

물론 김태윤은 그런 경험을 하지는 않았지만 아끼는 후배 PD 한 명은 어렵게 기회를 얻어 입봉을 하는 드라마에서 주연 배우들의 스캔들이 터지면서 편성표에 올려보지도 못하고 망해 버렸다.

그 때문에 그 후배는 뒤로 별다른 배정을 받지 못하고 오랜 기간 주변을 전전했다.

그런데 그 후배가 실력이 없던 것도 아니다.

연출도 자신의 밑에서 제대로 배웠고, 각본의 핵심을 집어내는 능력이 뛰어나 앞날이 기대가 되던 친구였는데, 쓰레기 같은 기사 한 번으로 낙인이 찍혀 버리면서 고생을 했던 후배의 모습을 보면서 김태윤은 디스팩트와 같이 연예계의 뒷소문을 퍼 나르는 기자들에 반감을 가지고 있었다.

그런데 자신이 드라마를 촬영하는 공간에 그런 쓰레기와 같은 자가 있는 것 같다는 말에 화가 나지 않을 수 없었다.

"예, 제 주변에 떠도는 루머가 좀 있어서 그런지 아침에도 보았고, 또 조금 전 촬영을 하면서도 그러한 시선이 느껴졌습니다."

자세한 것은 아니지만 김태윤도 방송가에 떠도는 소문을 익히 잘 알고 있다.

수현이 남들보다 감이 좋고, 또 주변 인지 능력이 좋아 액션 촬영 중에 사고가 날 것을 미연에 방지할 수 있었다는 이야기도 들었다.

같은 방송사는 아니지만 문화 TV에도 김태윤의 대학 동기들이 몇 활동을 하고 있다.

그중에 수현이 조연으로 출연을 했던 울프독에 친구가 제2PD로 있었다.

울프독 촬영 당시 세트장 촬영 중 조명이 제대로 부착되지 못해 떨어지는 사고가 있었지만 수현이 이를 직전에 발견하고 알려 사고를 미연에 방지하였다.

그런 이야기를 각 방송사에 취직을 한 동기들끼리 모이는 술자리에서 들었다.

그 때문에 김태윤은 수현의 말을 허투루 듣지 않았다.

"알겠습니다. 내 알아보고 조치를 하겠습니다."

김태윤은 그렇게 자신이 조치를 취하겠다고 대답을 하고 세트장을 나섰다.

"감히 내 촬영장에서 쓰레기가 나돌아 다녀."

걸어가면서도 화가 가라앉지 않는 것인지 김태윤은 연신 거친 소리를 내질렀다.

*　　　*　　　*

　1년여의 노력이 수포로 돌아간 조지훈은 김일수 편집장의 호통에 어쩔 수 없이 다시 최유진의 뒷조사를 시작했다.

　하지만 이미 자신들이 뒷조사를 한다는 사실을 알아서 그런지 전혀 움직임이 없었다.

　더욱이 시기적으로 최유진은 휴식기였기에 조사를 한다는 것은 하늘의 별 따기만큼이나 힘들었다.

　그래서 방법을 변경해 최유진이 아닌 정수현으로 타깃을 변경했다.

　정수현과 최유진이 적어도 한 달에 한 번꼴로 만나는 것을 포착했기에 집에서 은둔을 하는 최유진보다 아직 활동기인 정수현을 노리는 것이 어쩌면 기회가 더 있을 것 같았다.

　그리고 생각을 해보니 정수현은 아직 20대였다.

　연예계에서 20년 넘게 활동을 하면서 산전수전 공중전까지 모두 경험을 한 최유진보단 그래도 데뷔한 지 이제 겨우 3년차인 수현을 쫓는 것이 기회가 많을 것은 뻔했다.

　그렇게 타깃을 바꿔 정수현을 쫓기 시작한 지 며칠 되지도 않은 상태에서 그만 딱 걸리고 말았다.

　비록 직접적으로 마주친 것은 아니었지만 느낌상 걸린 것이 분명했다.

어떻게 알았는지 망원렌즈를 이용해 관찰을 하였는데도 걸린 것이다.

그렇다고 이제 와서 포기할 수는 없었다.

그래서 수현이 출연하는 드라마 촬영장까지 쫓아왔다.

종종 드라마 촬영장에 출입을 했었기에 들어오는 것은 쉬웠다.

패용하는 기자증을 내밀면 무사 통과였다.

어차피 방송사와 기사는 서로 악어와 악어새 같은 관계이지 않은가? 비록 소속은 다르지만 드라마의 홍보를 위해서라도 기자의 출입을 막을 수는 없다.

그저 기자로서 드라마가 방송에 송출이 되기 전 스포하지 않겠다는 약속만 지키면 되는 것 아니겠는가?

그렇게 촬영장을 돌아다니며 수현 주변을 살피고 있는데, 저쪽에서 누군가 자신을 향해 다가오는 것이 보였다.

'어? 김태윤 PD가 어떻게 안 것이지?'

김태윤은 KTV 드라마국 PD 중 선임 PD로 올해 말이나 내년쯤에는 CP로 진급할 것으로 알려진 인물이다.

하지만 조지훈에게는 그런 것보단 그가 자신과 같은 폭로 기사만을 주로 작성하는 연예부 기자들을 병적으로 싫어한다는 것이 중요했다.

그래서 오늘 촬영장에 들어오면서 최대한 조심을 했다. 그럼에도 딱 걸리고 만 것이다.

아무리 꺼려하는 PD라지만 조지훈의 입장에선 어쩔 도리가 없었다.

방송국 PD와 연예부 기자가 갑과 을의 관계가 모호한 관계라 하지만, 취재를 위해서 들어온 촬영장에서만큼은 자신이 을의 입장이지 않은가? 그래서 먼저 인사를 하였다.

"김 PD님, 안녕하십니까?"

웃으며 인사를 하는 조지훈을 보면서도 김태윤 PD는 냉담한 표정으로 노려보며 물었다.

"내 드라마 촬영장에는 무슨 일로 온 것인가?"

직설적으로 물어오는 김태윤 PD의 질문에 조지훈은 순간 어떻게 대답을 해야 할지 갈피를 잡을 수 없었다. 어떻게 대답해도 김태윤 PD로부터 좋은 반응을 얻어내기 어려울 듯한 때문이다.

체질적으로 싫은 것은 상종도 하지 않는 김태윤 PD의 성격을 알기에 조지훈은 일단 물러서기로 했다.

어차피 자신이 원하는 것은 촬영장에서 찾을 수 없겠다 싶어 물러서기로 한 것이다.

"아닙니다. 이번 드라마 반응이 무척 좋더군요. 그래서 그냥 지나는 길에 들러본 것입니다."

조지훈은 얼른 자리를 피하기 위해 김태윤이 찍고 있는 드라마에 대해 칭찬을 하고는 자리를 떠났다.

"다른 사람들에는 어땠는지 모르겠지만, 내 배우들에게

허튼소리를 했다가는 내 가만두지 않을 것이니 조심하는 게 좋을 것이야!"

출구로 빠르게 걸어가는 조지훈의 뒤에 대고 김태윤 PD는 경고를 하였다.

그런 김태윤 PD의 경고를 들었는지, 아니면 너무 멀어 못 들었는지 알 수는 없지만 조지훈의 걸음은 조금 더 빨라졌다.

드라마 촬영장을 나온 조지훈은 주차장에 들어 세워뒀던 차에 올랐다.

탁.

"젠장! 더러워서. 언젠간……."

조금 전 김태윤 PD가 자신의 뒤에서 떠드는 소리를 들었다.

그렇게 큰 소리로 고함을 지르는데 못 들을 리가 없었다.

그럼에도 못 들은 척 뒤도 돌아보지 않고 그곳을 빠져나온 것은 아직까지 자신의 힘이 김태윤 PD에 비해 약하다 생각하기 때문이다.

하지만 그렇다고 언제까지나 그렇게 당하고만 있지는 않을 것이라 다짐을 하였다.

그리고 이번 정수현과 최유진의 기사만 잘 터진다면, 자신이 바라는 그날이 멀지 않을 것이다.

　　　　*　　　　*　　　　*

한편, 조지훈을 쫓아낸 김태윤 PD는 아레스 촬영장으로 다시 돌아왔다.

"주성아."

김태윤 PD는 FD인 김주성을 불렀다.

"네. 부르셨습니까?"

"그래. 다음부터, 기자들 촬영장에 출입 못하게 막아라."

"네."

"특히 디스팩트 놈들은 이 근처에는 얼씬도 못하게 하고. 알았어?"

김태윤 PD는 자신을 보며 어리바리한 표정을 하는 김주성을 보며 단호하게 지시를 내렸다.

"알겠습니다."

김주성은 무슨 상황인지 전혀 알지 못함에도 메인 PD인 김태윤의 지시에 간단하게 대답을 하였다.

그도 그럴 것이, 김태윤 PD가 디스팩트나 그와 비슷한 기자들을 얼마나 싫어하는지는 KTV 안에 널리 퍼진 이야기다.

그러니 그와 관련한 지시를 들었다면 그저 알겠다는 대답을 하면 되는 것이다.

어차피 기자들이 촬영장에 들어오지 않으면 FD인 자신

이야 더 편한 일 아닌가? 그러니 두말할 것 없이 알겠다 대답을 하고 그대로 따르기만 하면 된다.

"그래. 그건 됐고, 촬영 준비는 끝났냐?"

전원 문제로 잠시 촬영이 중단되어 계획에도 없던 휴식 시간이 이어지고 있었다.

그러니 어느 정도 시간이 지나 촬영 준비가 되었는지 물어본 것이다.

남양주 세트장은 국내 촬영장 중 크기도 크고 또 여러 장르의 촬영을 할 수 있어 좋지만, 종종 전원 공급 문제로 인해 촬영이 중단되는 일이 발생을 하였다.

오늘도 한창 오전 촬영을 하던 중 전원이 나가 버리는 바람에 촬영이 한 시간 가까이 중단된 것이다.

"그것이, 기술부에서 갑자기 전원이 나가 버리는 바람에 장비 일부가 고장이 났다고 합니다."

"뭐!"

김태윤 PD는 생각지 못한 말썽에 버럭 소리를 질렀다. 안 그래도 조금 전 디스팩트 일로 심기가 좋지 않았기에 더욱 예민하게 반응하는 것이기도 했다.

"고장 난 장비를 교체하기까지 30분 정도 더 걸린다고 하는데, 이왕 이리된 것 조금 일찍 점심을 먹고 오후 촬영을 들어가는 것은 어떻겠습니까?"

"촬영을 중단하고 그냥 오후로 넘기자고?"

"예. 그동안 NG도 별로 없고 촬영도 순조롭지 않습니까?"

"음."

김태윤 PD는 김주성 FD의 이야기를 듣고 잠시 생각을 해보았다.

그리고 그의 말이 맞다 싶어 그러라고 하였다.

"알았다. 배우와 스텝들에게 그렇게 전해라."

자신의 할 말을 마치고 그는 정운성이 있는 곳으로 걸어 갔다.

자신이 돌아오길 기다리고 있을 것이라 생각했기에 경과를 알려주려는 것이다.

보통 김태윤 PD 정도 되는 메인 PD가 배우에게 이런 일을 직접 알려주진 않지만, 다른 사람도 아니고 정운성이지 않은가? 같은 주연 배우라 해도 정운성과 수현, 그리고 또 다른 주연인 차승윤과는 차원이 다른 배우가 정운성이다.

또 다른 주연인 차승윤도 드라마와 스크린에서 흥행 배우로 이름이 알려졌지만 정운성과 같은 급으로 보기에는 많은 갭이 있었다.

그러니 아무리 연말이나 내년 초에 CP로 진급이 예정된 그라도 현재 드라마의 성공을 위해선 정운성을 떠받들 수밖에 없었다.

그것이 대한민국 연예계에 정운성이 차지하는 이름의 무게다.

"운성 씨, 쓰레기는 내가 엄포를 놓아 쫓아냈으니 신경 쓰지 말고, 촬영은 점심을 먹고 두 시간 뒤에 들어가기로 하자고."

"알겠습니다. 그럼 감독님, 점심 맛있게 드십시오."

"그래요. 운성 씨도 맛있게 들어요."

비록 자신보다 나이는 적지만 정운성에게 김태윤은 깍듯하게 대우를 해주었고, 정운성 또한 자신이 스타라고 무시하지 않고 연배가 높은 김태윤을 공손하게 대했다.

그런 두 사람을 수현은 눈을 반짝이며 지켜보았다.

"PD님, 맛있게 드십시오."

"그래, 수현 씨도 점심 맛있게 먹고 오후에는 좀 더 힘 있게 촬영에 임하자고."

"네, 알겠습니다."

그렇게 세 사람은 서로에게 촬영을 잘해보자며 격려를 아끼지 않았다.

김태윤 PD가 자신의 할 말을 끝내고 돌아가자 정운성과 수현만이 자리에 남았다.

"점심 먹으러 가자."

"네."

정운성이 같이 점심을 먹자고 하자 수현도 고개를 끄덕이며 대답을 하고 함께 밥차가 있는 곳으로 걸었다.

"너의 뒤를 뒤지고 다니는 자들이 디스팩트라고 했지?"

"네."

"조심해라. 그놈들 한 번 물면 놓지 않는 하이에나 같은 존재들이니. 내가 무슨 말 하는지 알지?"

정운성은 조금 전 수현과 이야기를 하면서 수현의 뒷조사를 하는 이들이 누군지 들었다.

그래서 그에 대한 조언을 하는 것이다.

"네. 그렇지 않아도 회사에서도 조심하라고 하니, 당분간 촬영장과 숙소만 왔다 갔다 하려고요."

"그래. 잘 생각했다."

이야기를 하면서 걷다 보니 두 사람은 어느새 밥차가 있는 곳에 도착을 했다.

"다 왔다. 오! 오늘은 제육볶음이네. 맛있겠다."

정운성은 자신이 좋아하는 반찬인 제육볶음이 나온 것에 기뻐하며 빠르게 걸어갔다.

그런 정운성의 뒷모습을 수현은 가만히 지켜보았다.

비록 이번 드라마 촬영으로 만난 사이지만 촬영을 하는 동안 그와 친형제처럼 가까워져 연예계 전반에 걸친 정보나 조언 등을 전해 들었다.

그리고 오늘도 고맙게도 그로부터 많은 도움이 되는 조언을 들을 수 있었다. 수현은 비록 냉혹한 연예계지만 이렇듯 좋은 인연들이 있기에 계속 연예계에서 활동해 나갈 수 있는 것이다 싶었다.

*   *   *

따르릉.

어두운 조용한 방 전화벨 소리가 크게 울렸다.

"음, 이 시각에 누구지?"

수현은 아직 잠에서 덜 깬 눈으로 테이블에 올려둔 휴대폰을 들어 시간을 확인했다.

휴대폰 화면에 뜬 시계는 오전 아홉 시 40분을 가리키고 있었다.

"여보세요."

살짝 잠긴 목소리로 전화를 받았다.

― 모시모시. 수현 상, 안녕하시무니까? 저 마리아 료코입니다.

전화를 건 상대는 일본 진출을 하면서 인연을 맺은 일본의 여배우였다.

나이 차이는 많이 나지만 일본에 갈 때면 종종 만나 데이트를 하기도 했다.

그리고 이렇게 가끔 전화 통화도 하며 지낸다.

"아, 네. 마리아 씨. 이른 시각에 어쩐 일이에요?"

상대가 마리아 료코라는 것을 알게 되자 수현은 정신을 차리고 전화를 받았다.

— 혹시 제가 실례를 한 것이무니까?

수현의 질문에 마리아 료코는 조심스럽게 물었다.

그런 료코의 물음에 수현은 얼른 변명을 하였다.

"아닙니다. 어제 밤샘 촬영 때문에 새벽에 늦게 잠이 들었거든요. 그래서 자다 받다 보니 무슨 일이 있나 그런 것입니다."

— 아, 그럼 제가 수현 상의 수면을 방해한 것이무니까? 정말 죄송하무니다.

마리아 료코는 수현의 이야기를 듣고 얼른 자신의 잘못을 사과했다.

"하하, 그런 것 아니래도요. 그런데 어쩐 일로 전화를……"

너무도 미안해하는 마리아 료코의 태도에 난감한 수현은 난감함을 벗어나기 위해 얼른 다른 질문을 하였다.

— 네, 제가 무엇 때문에 전화를 건 것이냐면, 저 오늘 한국에 갑니다. 혹시 시간이 되시면 저를 만나주실 수 없겠스무니까?

전화기 너머로 마리아 료코는 조심스러운 목소리로 자신을 만나줄 수 있는지 물어왔다.

"음, 오늘은 스케줄도 없고 쉬는 날이니 좋아요."

잠시 디스팩트의 기자가 생각이 났지만 뭐 상관없을 듯해서 만나기로 했다.

"도착하는 시간을 알려주면 제가 공항으로 마중을 나가겠습니다."

탁.

수현은 통화를 마치고 전화기를 내려놓았다.

띠리링.

내려놓기 무섭게 문자 알림 음이 들렸다.

[JAL NO 701 PM 06:30 あってくれてありがとうございます(만나주셔서 감사합니다).]

마리아 료코가 보낸 도착 시각에 관한 문자였다.

그런데 문자 메시지 끝에 일본어로 자신을 만나주어서 고맙다는 인사말이 적혀 있어 그것을 보는 수현의 표정이 어색해졌다.

수현이 마리아 료코를 알게 되고 난 지 벌써 햇수로 2년째고, 그동안 직접 만나 데이트를 한 것만 해도 열 번 정도 되었다.

그때마다 그녀는 자신보다 연상이면서도 언제나 수줍은 소녀처럼 수현이 만나주는 것에 감사를 하며 조신하게 굴어 가끔 두 사람의 나이가 거꾸로 된 것은 아닌가 착각을 일으킬 때도 있었다.

그리고 더 중요한 것은, 수현이 이런 마리아 료코의 반응이 싫지 않다는 것이다.

이는 최유진에게 향하는 마음과는 또 다른 감정이었다.

분명 사랑은 아니지만, 그렇다고 아니라고 확실하게 선을 긋기에는 뭔가 조금 애매한 관계였다.

"으차."

마리아 료코와 통화를 하고 나니 잠이 확 달아나 자리에서 일어났다.

덜컹. 탁.

남다른 신체로 인해 조금만 자도 피로가 풀리기에 더 이상 피로감을 느끼지 않은 수현은 이왕 일찍 일어났으니 약속 시간 전까지 그동안 바빠서 하지 못했던 일을 처리하기로 결심을 하고 움직였다.

＊　　　＊　　　＊

수현은 한창 헬스장에서 운동 중이었다.

남다른 신체다 보니 일반적으로 운동을 해서는 몸에 부하를 걸 수가 없었다. 해서 일부러 온몸에 힘을 주고 운동을 했더니 그리 무거운 무게도 아님에도 전신에 과부하가 걸려 땀이 흘렀다. 운동이 되고 있다는 증거였다.

띠디딕. 띠디딕.

한창 땀을 흘리며 운동을 하던 중 옆에 놓아둔 휴대폰에서 알람이 울렸다.

저녁에 약속이 있기에 운동을 하기 전 미리 알람을 맞춰둔 것이다.

"후. 벌써 시간이 이렇게 되었네."

수현은 하던 운동을 멈추고 가져온 물건들을 챙겼다.

"왜? 벌써 들어가게?"

수현이 운동을 멈추고 정리를 하자 근처에서 운동하고 있던 김정만이 물었다.

"네. 약속이 있어서."

"그래? 오랜만에 만나서 운동 끝나면 한잔하자고 하려고 했는데, 약속이 있다고 하니 아쉽네."

"하하, 저도 아쉽지만 어쩔 수 없네요. 드라마 촬영 끝나면 그때 다시 한 번 시간 마련해 볼게요."

현재 촬영 중인 드라마 때문에 같은 헬스장을 다니면서도 김정만과는 자주 마주치지 못했다.

수현도 바쁘지만 김정만 또한 바쁘기로는 빠지지 않았다. 자신의 이름을 걸고 하는 예능은 물론이고, 현재 그가 메인으로 출연하는 예능 프로그램이 두 개나 더 있었다.

더욱이 김정만은 그 가진 끼가 이미 일본은 물론이고, 동남아시아에도 알려지면서 해외 스케줄도 많았다.

그러다 보니 수현과 김정만이 이렇게 만나는 것은 작년 정글 라이프 촬영 이후 1년이 다 되어가는 지금까지 한 손에 꼽을 정도로 적었다.

그래서 오랜만에 만난 수현이 반가워 저녁에 정글 라이프를 함께 촬영했던 멤버들끼리 모여 한잔하려는 자리에 부르려 했는데, 약속이 있다는 소리에 그만둔 것이다.

"형, 다음에 제가 시간 나면 연락드릴게요."

"그래, 가봐라."

"네."

수현은 김정만과의 대화를 마치고 헬스장에 마련된 탈의실로 갔다.

탈의실 한쪽에는 운동 후 회원들이 몸을 씻을 수 있는 샤워장이 마련되어 있기에 그곳에서 간단하게 샤워를 하고 공항으로 가면 시간이 얼추 맞을 듯했다.

*　　　*　　　*

헬스장 밖, 헬스장의 입구가 잘 보이는 맞은편 2층 카페 창가에서 조지훈은 수현이 나오는 것을 기다리고 있었다.

띠리링.

'벌써 나온다고? 무슨 일이지?'

문자 메시지가 왔는데, 헬스장 안으로 들여보낸 정보원이 보내온 것이었다.

문자를 확인한 조지훈은 얼른 자리에서 일어나 밖으로 나갔다.

*　　　*　　　*

― 도쿄발 인천 국제공항 도착 일본항공 701편이 13번 게이트로 도착합니다.

'이제 나오나 보군.'

한국에 오는 마리아 료코를 마중하기 위해 인천공항으로 나온 수현은 생각보다 일찍 공항에 도착을 했다.

하지만 그를 알아보는 사람은 없었다.

그도 그럴 것이, 수현 정도의 아이돌이 공항에 뜨면 이를 알아보는 팬들로 인해 북새통을 이루기에 공항을 이용하는 다른 승객들이나 외국인들에게 여간 불편한 것이 아니다.

또 스타 본인도 갑자기 몰려든 팬들로 인해 어떤 곤욕을 치를지 알 수가 없다.

그러니 수현은 그런 곤욕을 치르지 않기 위해 남들이 알아보지 못하게 변장을 하고 공항에 왔다.

더욱이 사람들의 시선을 피하기 위해 미리 끊어놓은 퍼스트 클래스 티켓을 이용해 퍼스트 클래스만 이용할 수 있는 대기실에서 마리아 료코가 도착하길 기다리는 중이었다.

퍼스트 클래스 티켓이 천만 원이 넘어가는 비싼 금액이기는 하지만 수현 정도면 구입하지 못할 정도의 금액은 아니다.

더욱이 퍼스트 클래스가 누릴 수 있는 부대시설이나 공항 내 서비스를 생각하면 그 값어치를 충분히 한다.

끊어놓은 티켓은 1년 내에 사용하면 되는 것이니 아무 때나 사용해도 무방하다.

그 때문에 1년 전 퍼스트 클래스 티켓을 끊어놓고 공항의 최고급 서비스를 이용하다 예약 취소를 하는 방식으로 서비스만 이용하는 얌체족도 있었다.

방송으로 마리아 료코가 탑승한 JAL 701편이 도착을 해서 승객이 13번 게이트로 나온다는 것을 들었기에 수현은 자리에서 일어나 마리아 료코가 나올 13번 게이트로 걸어갔다.

비행기 승객들의 입국 순서는 퍼스트 클래스 승객부터 비즈니스 클래스, 그리고 이코노미 클래스 순서다.

일본에서 대스타인 마리아 료코이니 퍼스트 클래스나 적어도 비즈니스 클래스 정도의 좌석을 끊었을 것이다.

그러니 조금 일찍 마중을 해야 할 필요성이 있었다.

'저기 나오는군.'

역시나 일찍 나와 대기를 한 것이 맞아떨어졌다. 13번 게이트의 문이 열리자 가장 앞줄에 마리아 료코의 모습이 보였던 것이다.

라틴계 혼혈인 마리아 료코는 확실히 일반인들과 함께 섞여 있으니 군계일학이었다.

아니, 웬만한 연예인이 함께 있더라도 그중에서 가장 돋보였을 것이 분명했다.

그 정도로 마리아 료코의 미모는 출중했다.

"헤이, 마리."

수현은 앞줄에 나오는 마리아 료코를 향해 소리쳤다.

한편, 게이트가 열리고 공항 로비로 나온 마리아 료코는 저 앞에 모여 있는 사람들 속에서 수현을 찾고 있었다.

하지만 아무리 찾아봐도 수현의 모습은 그녀의 눈에 들어오지 않았다.

'아직 도착을 하지 않았나?'

분명 자신을 마중 오겠다고 했는데, 수현의 모습이 보이지 않자 실망을 한 것이다.

"료코 상, 가시지요."

게이트를 나와 걷는 속도가 느려지는 마리아 료코의 모습에 그녀를 수행하는 매니저 이시히 지로가 작게 그녀의 귀에 대고 이야기하였다.

가장 앞줄에 걷고 있던 그녀의 발걸음이 느려지자 뒤에서 나오던 사람들 또한 정체가 되었기 때문이다.

다른 사람들에게 피해 주는 것을 병적으로 꺼려하는 일본인답게 마리아 료코의 걸음이 느려진 것을 보며 그녀를 재촉한 것이다.

"아, 네."

탑승객을 마중 나온 사람들 속에서 수현을 찾다 실망해 걸음이 느려진 마리아 료코는 자신의 실수를 깨닫고 얼른 대답을 하였다.

그런데 이때 누군가 자신을 부르는 듯한 소리가 들렸다.

그 이름은 자신과 비슷한 '마리' 라는 이름이었지만 왠지 자신을 부르는 것 같았다.

'아, 맞아. 예명을 부르기로 했지.'

몇 달 전 일본에서 만났을 때, 수현은 마리아 료코에게 다음에 한국에서 보게 되면 이름을 부르지 말고 서로 예명을 지어 부르기로 했었다.

일본도 그렇지만 한국의 팬들이나 기자들은 연예인에 대해 스토커와 같은 기질을 보이기에 조심을 하자는 취지에서 그러한 제안을 했던 것이다.

그리고 어느 나라든 연예부 기자들의 속성은 대동소이했다.

연예인들의 가십을 가지고 먹고사는 족속들이라 일본뿐만 아니라 한국에서도 연예부 기자는 X에 꼬이는 X파리와 같았다.

그러니 스타들 본인들이 들키지 않도록 조심, 또 조심을 해야만 했다.

"마리."

마리아 료코는 목소리가 들린 곳으로 고개를 돌렸다. 그곳에는 큰 키에 검은 뿔테 안경을 쓴 남자가 서 있었다.

'아.'

자세히 보지 않으면 누군지 알아채지 못할 정도로 너무도 평범한 모습의 20대 청년이 그곳에서 손을 흔들었다.

하지만 몇 번의 데이트를 하면서 마리아 료코는 수현에게서 풍기는 아우라를 느끼고 있었다.

'수현 상.'

비록 그는 자신보다 나이가 어린 연하의 남자였지만, 마리아 료코를 매료시키는 마력을 가지고 있었다.

"현 상, 마주웅 나와주셔서 감사하무니다."

어눌한 한국어였지만 그 말을 못 알아들을 정도는 아니었다.

아니, 일본인 특유의 억양 때문에 무척이나 귀엽게 들리는 한국어였다.

"반가워요. 몇 달 사이 한국어 많이 늘었네요."

수현은 마리아 료코를 보고 빙그레 미소를 지으며 그녀의 한국어 실력을 칭찬했다.

"정말입니까? 제 한구거 실력 마니 늘었스무니까?"

아직 발음이 완벽한 것은 아니지만 원래 일본에는 없는 받침이 많은 한국어는 일본인이 하기는 무척이나 힘든 언어다.

그럼에도 마리아 료코의 발음은 그녀가 하는 말이 어떤 뜻인지 바로 알아들을 수 있어 상당한 실력이라 할 수 있었다.

"リョコサン出ましょう(료코 상, 나가시죠)."

사람들이 알아보기 전에 공항을 나가는 것이 좋겠다는 판단에 그녀의 매니저는 마리아 료코를 재촉했다.

"아. 가시지요."

수현은 주변을 살피다 얼른 길 안내를 하였다.

"밖에 제가 차를 대기시켜 두었으니 그리로 가죠."

매니저가 마리아 료코를 재촉하는 이유를 알고 있는 수현은 앞장서서 걸으며 말을 하였다.

"だれですか? もしMSエンターから出ましたか(누구십니까? 혹시 MS엔터에서 나오셨습니까)?"

한국어를 할 줄 모르는 이시히 지로는 한국에서의 일정을 도와주는 MS엔터에서 나온 관계자인지 물었다.

"あ, ありません. 個人的にリョコサンと親交があって, 出迎えに來ました(아, 아닙니다. 개인적으로 료코 씨와 친분이 있어 마중을 나왔습니다)."

매니저의 질문에 수현은 일본어로 자신을 소개하고 자신

의 차가 있는 곳으로 안내를 하였다.

수현이 공항까지 나와 마리아 료코를 마중하고 있음에도 아무도 이들을 주시하는 사람이 없었다.

그도 그럴 것이, 아직 한국에는 그리 유명하지 않은 마리아 료코이고 수현은 너무도 완벽하게 평범한 모습으로 변장을 했기에 알아보는 이가 아무도 없었던 것이다.

하지만 그럼에도 이러한 두 사람의 모습을 지켜보는 이가 있었다.

그는 바로 수현의 뒤를 쫓고 있는 디스팩트의 조지훈이었다.

수현이 마리아 료코와의 약속 때문에 일찍 운동을 마치고 헬스장을 나왔을 때, 이를 지켜보던 조지훈은 그만 수현의 뒤를 놓치고 말았다.

수현이 주차장에서 차를 타고 밖으로 나와 속도를 내자 뒤늦게 수현의 스포츠카를 쫓던 조지훈의 소형차로는 속도를 따라갈 수가 없었기 때문이다.

하지만 궁하면 통한다고, 조지훈은 자신이 알고 있는 정보원들에게 정보를 얻었다.

물론 직접적으로 로열 가드의 리더 수현의 행방을 물어보진 않았기에 자신이 뒷조사를 하고 있는 먹이가 누군지는 그들에게 알려지지 않았다.

어차피 정보원이라고는 하지만 서로가 서로를 이용하는

경쟁자이기도 하기에 기삿거리를 뺏기지 않기 위해 자신이 찾는 사람이 수현이라는 걸 알리지 않은 것이다.

그리고 정보원으로부터 얻어낸 정보로 수현이 탄 차가 인천공항에 있다는 정보를 듣고 이곳에 온 것이다.

그러니 수현이 아무리 완벽하게 변장을 하고 있더라도 수현의 모습을 알고 있는 조지훈에게는 그를 찾는 것은 쉬웠다.

찰칵찰칵.

수현이 13번 게이트 앞에서 누군가를 기다리는 모습부터 게이트가 열리면서 마리아 료코를 만나는 장면까지 조지훈은 모두 가지고 있는 카메라에 담았다.

"누구지?"

너무나 눈치가 빠른 수현이라 거리가 먼 공항 로비 2층에서 지켜보느라 수현이 만나고 있는 여성의 정체를 바로 알 수는 없었다.

찰칵찰칵.

아직까지 수현이 인천공항까지 마중을 나올 만한 여성이 누군지 그 정체를 알 수는 없지만 그는 일단 사진을 찍었다.

이는 기자로서 본능적인 행동이었다.

Chapter 3
혼란

늦은 저녁이었다. 하지만 서울은 늦은 시각임에도 환한 불빛으로 불야성이다.

끼익.

조지훈은 로열 가드의 리더 수현과 최유진 간의 스캔들을 캐기 위해 하루 종일 그의 뒤를 쫓았다.

하지만 그 둘의 스캔들을 인정할 만한 증거는 아직까지 찾지 못했다.

그런데 로열 가드의 리더 수현의 뒤를 쫓다 보니 이상한 것을 발견했다.

최유진과의 스캔들 증거는 찾지 못했지만, 수현이 최유진 말고도 만나는 여자가 또 있다는 것을 오늘 발견한 것이다.

오늘 인천 공항에서 만난 여자의 정체는 아직 파악을 하지 못했지만 좀 더 캐다 보면 알 수 있는 일이고, 또 아무것도 아니라 해도 자신은 상관이 없었다.

그저 수현에게 압박용 카드로 쓸 수만 있으면 되고, 더 좋은 사진을 찍게 된다면 그보다 좋을 것은 없기 때문이다.

늦은 오후에 인천공항에 변장을 하고 나가 여자를 마중하는 것을 보면 결코 가벼운 사이는 아닌 것 같았기에 조지훈은 작년 최유진의 집에서 나오는 수현의 모습을 본 이후 가장 심장이 뛰었다.

그의 촉에 뭔가 있다는 느낌이 들었기 때문이다.

비밀을 밝혀낸다면 큰 대박을 터뜨릴 것만 같아 흥분이 되었다.

"이번에는 빼도 박도 못할 증거를 찾아내고 말겠다."

찰칵. 찰칵.

혼자 그렇게 중얼거리면서 조지훈은 호텔 안으로 들어가는 수현과 여자 일행의 뒷모습을 찍었다.

물론 여자와 동행으로 보이는 남자의 모습은 그의 카메라 앵글에서 교묘하게 빠져 있었다.

"좋은데. 조금만 더, 더……."

조지훈은 수현과 마리아 료코의 뒷모습 사진을 찍으면서 뭔가를 좀 더 요구하였다.

물론 너무 멀리 떨어져 있고, 또 허락된 촬영이 아니어서 안타까움이 묻어난 소망을 들리지 않을 크기로 중얼거린 것 뿐이다.

조지훈이 이렇게 뭔가를 더 바라는 것은 다름이 아니라, 마리아 료코의 얼굴이 어느 정도 확인이 될 만큼 각도가 돌아가길 원하는 것이다.

현재 조지훈이 있는 자리에서는 수현과 마리아 료코의 얼굴이 확인이 될 정도의 각이 나오지 않았다.

그저 뒷모습이 비슷한 사람 정도일 뿐이다.

아니라고 해도 그런가 할 정도로 고개를 갸웃거리고 넘길 수 있는 수준이다.

그렇지만 얼굴을 확인할 수 있을 만큼의 측면 사진이라도 찍히게 되면 그건 빼도 박도 못할 증거가 될 것이다.

그러니 지금 사진을 찍으면서도 조지훈은 수현의 모습이 보이지 않을 때까지 연속 촬영으로 사진을 찍어댔다.

"옳지! 굿!"

막 호텔 안으로 들어가기 전 수현이 마리아 료코에게 무언가 이야기를 하려는 듯 고개가 살짝 돌아갔다.

비록 정면 샷은 아니었지만 얼굴의 1/3 정도가 카메라 앵글에 들어왔다.

찰칵.

1/3 정도였지만 수현의 팬들쯤 되면 충분히 사진 속 인

물이 수현이란 것을 알 수 있을 것이다.

"오오! 좋아."

찰칵.

조지훈은 뭐가 그리 좋은지 입가에 커다란 미소를 지으며 또다시 좋다는 말을 연발하며 카메라 셔터를 눌렀다.

그도 그럴 것이, 방금 전 수현이 고개를 돌리며 이야기하자 옆에 있던 여성도 그 말에 화답을 하듯 고개를 돌려 대답하는 모습이 보였기 때문이다.

정확한 샷은 아니었지만 공항에서 찍은 사진과 대조를 하면 충분이 동일 인물이라는 것을 알 수 있을 정도의 증거를 포착한 것이다.

찰칵.

수현과 마리아 료코의 모습이 호텔 회전문을 지나 더 이상 사진을 찍을 수 없었지만 조지훈은 들고 있는 카메라의 각도를 돌려 다시 촬영을 시작했다.

그가 촬영을 하는 것은 다름 아닌 호텔의 간판과 출입구 전경이었다.

조지훈이 이런 것을 찍는 이유는 바로 지금이 저녁 시간이고 또 수현이 여성과 들어간 곳이 호텔이라는 것을 강조하기 위한 장치다.

어차피 그에게 중요한 것은 수현이 무엇 때문에 공항에서 여성을 픽업하고 또 함께 저녁을 먹고 호텔로 들어갔느냐가 아니라, 톱스타 수현이 매니저도 없이 혼자 여자를 만나 저녁에 호텔로 들어갔다라는 것이었다.

이렇게 자신은 그냥 떡밥만 던져 놓을 수 있으면 그만이었다.

나머지는 국민이 알아서 판단을 하면 되는 것이다.

그리고 자신은 중간에서 떨어지는 콩고물을 받아먹고 말이다.

"후후, 이번에는 빠져나가지 못할 것이다. 날 1년 동안 고생시킨 대가를 철저히 받아낼 것이니 준비들 하시지."

조지훈은 지난 1년 동안 최유진과 수현의 관계를 뒷조사하는 동안 편집장인 김일수에게 당한 것을 생각하면 이가 갈렸다.

1년 전 최유진의 뒷조사를 하다 우연히 수현이 최유진의 집을 나오는 장면을 발견하지만 않았어도 이런 고생은 하지 않아도 되었다.

최유진의 뒷조사만 3개월여를 하였지만, 아무것도 건지지 못했다.

비록 전성기만은 못하지만 그래도 아시아의 여왕이란 이름값이 있기에 뒤를 캐면 뭔가 나올 것이란 기대를 가지고 쫓았지만 아무것도 건지지 못했다.

그때 포기를 했으면 그 고생을 하지 않고 또 김일수에게도 욕을 먹지 않았을 것이다.

그런데 막 포기를 하고 돌아서려던 때, 수현이 최유진의 집에서 늦은 시간에 나오는 모습을 목격한 것이다.

그것이 조지훈을 1년여 간이나 고생시켰다.

하지만 어렵게 찾아온 기회가 다시 좌절로 변하기까지는 그리 오래 걸리지 않았다.

처음에는 결정적 증거만 나오면 대박을 칠 수 있을 것이란 기대에 김일수 편집장마저 지원을 아끼지 않았다.

그러나 그의 생각과 다르게 최유진과 수현의 은폐는 너무도 철저했다.

두 사람이 만나는 자리에는 언제나 매니저들이 동행을 하거나 최유진의 집이었다.

그러니 아무리 뒤를 쫓아도 두 사람의 스캔들을 입증할 만한 증거를 잡을 수 없었다.

그런 시간이 장장 1년여가 되어가니 편집장인 김일수의 지원은 금방 끝이 나고 결과를 가져오지 못하는 조지훈에게 쏟아지는 것은 면박뿐이었다.

무능하다는 일반적인 말부터, 입에 담기에도 저열한 쌍욕도 들었다.

심지어는 부모님이 너 낳고 미역국은 먹었냐, 라는 심한 모멸감을 주는 말까지 들었다.

그런데 원래 정상적인 사람이 그런 말을 들었다면 욕을 한 상대에게 분노를 느꼈을 것이지만 조지훈은 그렇지 않았다.

어떤 심리에서 그런 것인지 모르겠지만 조지훈은 자신이 그런 말을 들은 것에 대한 원망과 분노를 수현과 최유진에게 전가하였다.

그러면서 언젠간 자신이 당한 이 모멸감에 대한 대가를 두 사람이 치르게 만들겠다는 삐뚤어진 복수심을 불태웠다.

아무리 폭로 기사를 전문으로 하는 디스팩트지만 한 사람의 스캔들을 쫓기 위해 1년을 투자하지는 않는다.

대형 언론사가 특정 분야의 특집 잠입 취재를 하는 것도 아니고, 디스팩트는 아주 작은 영세 업체다.

겉으로는 언론사인 척 위장을 하고 있지만 자세히 들여다보면, 스캔들이나 가십을 원하지 않는 스타나 연예 기획사를 상대로 장사를 하는 파파라치 집합소다.

스타의 약점을 잡아 스타와 기획사에 딜을 요구해 금품을 받아 챙기며 이윤을 추구하는 그들이기에 1년이나 되는, 아니, 최유진을 쫓던 시간까지 더하면 1년이 훨씬 넘는 장기간의 시간을 소모하면서까지 취재를 할 이유가 없다는 소리다.

가능성이 없으면 빨리 포기하고 다른 먹이를 쫓으면 된다.

그게 더 그들에게 돈이 되기 때문이다.

그런데 조지훈은 그 긴 시간을 허비했다.

그러니 편집장인 김일수가 조지훈에게 그렇게 쥐 잡듯이 하며 쌍욕을 하는 것은 어쩌면 그들의 세계에선 당연한 일이다.

　돈은 돈대로 쓰고, 아무런 건더기도 건지지 못하고 시간만 허비하는 조지훈을 좋게 평가할 수 없으니 말이다.

　진즉에 수현과 최유진에 대한 뒷조사를 멈추고 다른 스타들의 가십을 취재하라는 지시가 내려졌지만 조지훈은 삐뚤어진 복수심에 거부하고 여기까지 왔다.

　수현이 변장을 하고 최유진이 아닌 여자를 공항까지 나가 마중을 하니 조지훈으로서는 드디어 자신의 노력이 결실을 맺는 듯한 느낌을 받았다.

　"넌 끝장이다. 기대해도 좋아."

　조지훈은 음산한 낮은 목소리로 그렇게 자신의 차 안에서 호텔 안으로 들어간 수현을 떠올리며 중얼거렸다.

＊　　　＊　　　＊

　마리아 료코가 느닷없이 전화를 걸어와 한국에 온다는 소식을 전하자 수현은 이번에는 직접 마중을 나가기로 했다.

　오랜만에 보는 것이고, 또 일본에 갔을 때 도움받았던 것을 생각해 특별히 챙기기로 한 것이다.

　그래서 시간에 맞춰 그녀를 맞았다.

그리고 한국에 대한 좋은 인상을 주기 위해 아직 저녁을 먹지 않은 그녀와 함께 한국 전통음식을 하는 음식점에서 저녁을 먹었다.

그리고 그녀가 묵을 예정인 호텔로 왔다.

한국과 일본이 가까운 나라여서 비행기로 얼마 걸리지 않는다고는 하지만, 외국은 외국이고 또 비행을 했기에 피곤하기도 했을 것이다.

그래서 호텔까지만 데려다주고 자신은 돌아가려 하였다.

하지만 그런 수현의 계획은 이루어지지 않았다.

오랜만의 만남이라 마리아 료코가 조금 더 그와 있고 싶어 했기 때문이다.

"수현 상, 아름답지 않나요?"

마리아 료코는 저 멀리 한강 다리를 보며 수현에게 물었다.

수현은 마리아 료코의 물음에 그녀가 보고 있는 곳으로 시선을 돌리며 쳐다보았다.

하지만 언제나 보는 평범한 모습이라 그녀가 느끼는 것이 무엇인지 아직 감을 잡지 못해 뭐라 대답을 해주지 못했다.

"한국의 야경은 도쿄의 야경과 비슷하면서도 또 다른 매력이 느껴져요."

많이 와본 것은 아니지만 그녀도 몇 차례 한국에 방한을 했었다.

연예인이기에 일 때문에 방한을 한 적도 있고, 또 개인적인 목적으로 한국에 몰래 들어온 적도 있었다.

아직 학생일 때, 그녀도 여느 일본의 여학생들처럼 스타를 동경하였다. 한국행도 그 일환이었다.

그리고 그런 동경이 그녀를 연예계로 이끌어 지금의 마리아 료코를 만들었다.

아무튼 그렇게 몇 차례 방문을 한 한국이고 서울이지만, 올 때마다 바뀌는 한국의 분위기에 마리아 료코는 일본과는 다른 매력을 느꼈다.

조금 더 역동적이고 화려하면서도 또 고아한 매력의 한국은 마리아 료코를 매료시키기 충분했다.

더욱이 한국 드라마에 나오는 강인한 여성상은 그녀를 더욱 한국을 동경하게 만들었으며, 유약하지도 또 권위만 내세우지도 않고 마치 늑대와 같이 거칠면서도 또 다른 한편으로는 자신의 여자를 보호하는 부드러운 모습을 간직한 남성상은 흠뻑 반하게 만들었다.

그리고 그런 생각을 가지고 있는 마리아 료코의 눈에 수현이 들어온 것이다.

마리아 료코가 미녀이기는 하지만, 일본에서는 상당히 키가 큰 여자 연예인이다.

170㎝가 조금 안 되지만 일본 남자 연예인 중에는 마리아 료코보다 작은 사람도 많다.

그래서 미녀이고 인기가 많지만, 그로 인해 불리한 점도 참으로 많았다.

마리아 료코가 출연을 할 수 있는 드라마나 영화는 손에 꼽을 정도로 적었다.

왜냐하면 마리아 료코의 큰 키에 맞는 상대 배우를 찾는 것이 쉽지 않기 때문이다.

그러니 마리아 료코는 오락 예능 프로에 자주 나갈 수밖에 없었다.

물론 그것이 그녀의 취향에도 어느 정도 맞아 불만은 없었는데, 그렇게 무난하게 예능 프로에 출연을 했다가 수현을 보게 된 것이다.

평소에도 한국 남자 연예인들에 관심이 많았던 그녀이기에 수현을 보는 순간 꽂혔다.

로열 가드의 일본 진출에 앞서 수현이 출연한 드라마 '울프독' 이 먼저 후지이 TV를 통해 소개가 되었다.

그리고 울프독의 주연인 이기준의 팬이었던 마리아 료코도 당연히 그 드라마를 시청했다.

하지만 드라마를 보고 난 뒤 그녀는 팬이었던 이기준이 아닌 울프독에 조연으로 있던 수현에게 반하고 말았다.

사실 이기준은 잘생긴 미남 배우로 알려지긴 했지만 어떤 측면에선 일본에 흔히 미남 배우로 알려진 남자 배우들과 비슷했다.

어딘지 여성처럼 선이 가느다란 그런 미남인 데 반해, 수현은 그렇지 않았다.

물론 극중에는 중국인으로 나오지만 마리아 료코가 알고 있는 중국인 배우들 중 그렇게 야성적이면서도 애절한 눈빛 연기를 하는 미남은 없었다.

더욱이 스튜디오에서 촬영을 할 때, 실제로 수현의 모습을 본 뒤로는 더욱 수현에게 매료되어 버렸다.

큰 키 때문에 불이익을 많이 당한 그녀였는데, 수현의 곁에 서니 그런 것을 느끼지 못했다.

그리고 방송 중 패널들로부터 잘 어울린다는 소리까지 듣다 보니 마리아 료코는 자신보다도 나이가 어린 수현에게 반하고 말았다.

정말이지 소녀 때로 돌아간 듯한 착각이 들 정도였다.

실제로도 당시 방송 중에 '잘 어울린다.' '귀엽다' 라는 말을 가장 많이 들었다.

그렇게 수현에게 반한 마리아 료코는 그 뒤로는 어떻게든 수현과 친해지기 위해 많은 노력을 하였다.

이전에도 한국에 대한 궁금증으로 한국어, 그리고 한국에 대해 공부를 했지만 더욱 열심히 했다.

이는 자신이 반한 수현과 한국어로 직접 대화를 하고 싶었기 때문이다.

물론 수현이 머리가 똑똑해 여러 외국어를 잘하고 또 일본어 또한 일본인처럼 할 수 있었지만, 마리아 료코는 한국어로 대화를 해보고 싶었다.

그랬기에 수현이 일본에 스케줄이 있을 때면 시간을 비워서라도 만나러 갔다.

그것이 인연이 되어 지금 한국에 스케줄이 생겼고, 이렇게 일본이 아닌 한국에서 시간을 함께 보내게 되어 기뻤다.

그런 기쁨을 전하고 싶어 서울의 야경에 대해 이야기를 하는 것이다.

"그래요? 전 매일 보는 일상이라 잘 못 느끼지만, 자주 보지 못한 마리아 씨는 다르게 느낄 수도 있겠네요."

수현이 마리아 료코의 말에 어느 정도 긍정을 하였다.

그도 한국에서야 야경에 대해 별로 생각을 해보지는 않았지만, 외국에 나갔을 때는 또 다른 느낌을 받았다.

필리핀의 야경과 인근의 인도네시아나 말레이시아, 태국, 베트남 등 비슷한 지역에 위치해 있지만 각국마다 민족과 문화와 종교, 그리고 전통에 따라 생활 양식이나 도시의 풍경 등 모든 것이 다르게 느껴졌었다.

그렇기에 지금 마리아 료코가 하는 이야기가 어느 정도 공감이 되었다.

'아!'

그녀의 생각에 공감을 하면서 수현은 문득 어떤 느낌이 뇌리를 스쳐 갔다.

하지만 안타깝게도 그 느낌은 오래되지 않아 안개처럼 흩어졌다.

'아!'

첫 번째 탄성과는 다른 탄성이 이어졌다. 무언가 느낌이 왔다. 그러나 그것의 실체를 잡지 못하고 놓친 것에 대한 안타까움에 가까운 탄성이다.

그런 수현의 표정 변화를 인지하지 못한 마리아 료코는 계속해서 한강을 보며 서울의 야경에 취한 자신의 감상을 수현에게 들려주었다.

* * *

"하하하하."

디스팩트 편집장실에서 커다란 웃음소리가 울려 퍼졌다.

사무실에 있던 몇몇 직원들이 무슨 일인가 쳐다보았지만 곧 관심을 접고 자신이 하는 일에 집중을 하였다.

편집장인 김일수가 기분이 좋다고 해서 자신들에게 떨어지는 이득은 없었기에 관심을 접은 것이다.

"그렇단 말이지? 그런데 말이야, 이 여자 어디서 본 듯한 얼굴인데. 누구지?"

편집장인 김일수는 조지훈이 가져온 사진을 보며 고개를 갸웃거렸다.

분명 어디서 본 듯한 얼굴인데 쉽게 그 이름이 떠오르지 않았기 때문이다.

"분명 내가 어디서 봤는데."

아무리 생각을 해봐도 사진 속 여자의 이름이 쉽게 생각나지 않았다.

하지만 결코 이름이 없는 이는 아니다.

김일수는 그렇게 이름이 생각나지 않는 여자의 사진을 보며 뭔가 대박의 느낌을 받기는 했지만 그것을 실체를 잡지 못해 답답해했다.

"제가 알아보니 한국인이 아니라 일본인이었습니다. 아무래도 로열 가드가 일본에서도 활동을 하니 아마도 일본에서 만난 것 같습니다."

조지훈은 김일수가 뭔가 알 듯 모를 듯 중얼거리는 소리에 자신이 알아낸 정보를 말했다.

"아! 맞아. 그래, 그녀야."

조지훈의 말을 들은 김일수는 그제야 자신이 이름을 떠올리지 못했던 여자의 정체를 생각해 냈다.

"네? 이 사진 속 정수현이 만나는 여자의 정체를 알고 계신다는 말씀이십니까?"

김일수의 외침에 조지훈은 눈을 동그랗게 뜨며 물었다.

"이 여자가 누굽니까?"

궁금증이 생긴 조지훈은 참지 못하고 재촉을 하며 물었다.

"응. 이 여자는 네 말대로 일본인 맞고, 일본에서는 유명한 사람이다."

"그래요?"

일본에서 유명인이라는 김일수의 말에 조지훈도 더욱 관심을 보이기 시작했다.

혹시라도 그게 사실이라면 대박이기 때문이다.

그냥 일반인이라 해도 정수현을 상대로 얻어낼 것이 많을 것인데, 만약 일반인이 아니라 유명인이라면 더 많은 것을 뜯어낼 수 있기 때문이다.

만약 말을 듣지 않으면 상대측에 자료를 넘기며 압박을 할 수도, 그도 아니면 일본 언론에 공개를 하여 스캔들을 터뜨리면 돈이 들어온다.

한국도 그렇지만 단독 보도, 그것도 일반적인 스타가 아니라 한국과 일본의 유명 스타들이 엮인 스캔들은 큰돈이 된다.

더욱이 한국보다 물가가 비싼 일본이지 않은가? 한국에 파는 것보다 더 비싼 값에 팔 수 있으니 더 좋았다.

"그래서 여자의 정체가 뭡니까?"

도저히 주체할 수 없는 생각에 김일수에게 알려달라며 재촉을 하였다.

그런 조지훈의 모습에 김일수는 빙그레 미소를 지으며 여자의 이름을 들려주었다.

"이 여자는 일본의 미녀 여배우인 마리아 료코다."

"마리아 료코요?"

조지훈은 김일수에게서 사진 속 여자의 정체를 듣고 처음에는 쉽게 떠올리지 못했다.

하지만 마리아 료코의 이름을 되새기면서 그 정체를 생각해 냈다.

"아, 마리아 료코. 작년 정수현이 일본 격투기 선수와 대결을 벌이기 전 함께 있었다는 일본 여배우 말씀하시는 것이죠?"

조지훈은 김일수의 말을 듣고 마리아 료코가 일본의 유명 스타라는 것보다, 작년 수현이 격투기 시합을 벌이게 됐을 때 시합장에 함께 동석하고 있던 여자란 생각이 먼저 떠올랐다.

그도 그럴 것이, 조지훈의 직업이 연예인들의 사생활을 파헤쳐 폭로하는 폭로 기사 전문 기자였기에 직업적인 이유로 그런 쪽으로 촉이 발달해 있기 때문이었다.

"그렇지, 그런 일도 있었지."

"네. 아마도 정수현과 이 여자는 그때부터 만나고 있던 사이 같습니다."

"맞아. 그러니 공항까지 마중을 나가지."

김일수와 조지훈은 그렇게 점점 자신들만의 생각에 집착을 하며 이야기를 끼워 맞춰갔다.

원래 이런 일 전문인 두 사람은 우연히 접근한 진실에서 점점 멀어지며 소설을 써가기 시작했다.

*　　　*　　　*

쾅!

킹덤 엔터의 사장 이재명은 실시간으로 올라온 인터넷 기사를 보며 화가 나 탁자를 주먹으로 내려쳤다.

"이런 미친 X끼들."

그가 보고 있는 인터넷 뉴스는 바로 자신이 사장으로 있는 킹덤 엔터에서도 무척이나 중요한 위치에 있는 연예인을 겨냥한 것이기 때문이다.

그것도 한 명이 아니라 두 명의 사진이 떡하니 올라와 있었다.

띠.

인터넷 기사를 보던 이재명은 인터폰을 눌러 비서에게 지시를 내렸다.

"김재원 전무하고 홍보부 박명환 이사, 그리고 최유진 씨와 로열 가드의 담당자들에게 연락해서 최유진 씨와 정수현 씨도 들어오라고 해."

— 네, 알겠습니다.

평소와 다른 이재명 사장의 목소리에 지시를 받은 비서는

얼른 대답을 하였다.

비서에게 지시를 내린 이재명은 모니터에서 시선도 떼지 않고 기사를 토씨 하나 놓치지 않고 읽기 시작했다.

"K엔터의 인기 남성 아이돌 그룹 R의 리더 J씨의 여성…… 그중에는 팬들에게 여왕이란 닉네임으로 불리는 같은 회사 선배는 물론이고, 외국의 유명 여배우 M씨 등…… J씨는 작년 인도네시아에서 발생한 쓰나미…… 겉으로는 인정 많고 타의 모범이 되는 등 용감한 시민상과 소년소녀가장 돕기 홍보 대사를 역임하지만…… 우리 청소년들이 이를 보고 무엇을 배울지 참으로 암담하다."

장문의 기사 내용을 읽던 이재명은 기가 막혔다.

기사에 실명이 아닌 이니셜을 넣었지만 누가 봐도 K엔터라 표현한 곳은 자신의 회사인 킹덤 엔터를 지칭하는 것이고, 인기 남성 아이돌 그룹이라는 R은 로열 가드를, 그리고 리더는 당연히 로열 가드의 리더인 수현을 지칭했다.

이는 누가 보더라도 킹덤 엔터와 수현, 그리고 최유진을 정확하게 저격하는 표적 기사였다.

"너희가 이렇게 나왔단 말이지. 이렇게 된 것, 어디 끝까지 한번 가보자."

기사는 너무도 노골적으로 킹덤 엔터와 정수현, 그리고 최유진을 저격해 파렴치한 인물로 묘사를 해놓았다.

그 때문에 조금 전부터 이재명의 사무실 전화기에는 불이

들어오기 시작했다.

아마도 기사를 본 광고주들이 연락을 하는 것이리라. 이재명은 확인을 하지 않았지만 충분히 짐작할 수 있었다.

예전에도 몇 번 경험하였기 때문이다.

소속 연예인의 스캔들이 터지면서 그 연예인이 찍었던 CF의 의뢰자들이 컴플레인을 걸어왔었다.

그 때문에 상당한 금액을 배상했던 기억이 있었다.

하지만 이번 일은 달랐다. 이미 당사자인 수현에게 확인을 한 상황이기에 자신들에게는 아무런 잘못이 없다.

그렇지만 광고 의뢰자 입장에서는 제품의 이미지를 손상시킬 수 있는 어떠한 가십이나 스캔들도 원하지 않는다.

아마도 이미지 훼손에 대한 책임을 불어 배상을 요구할 것이 분명했다.

그나마 다행이라면 이번 스캔들의 중심에 있는 수현이나 최유진이 광고를 거의 찍지 않았다는 것이다.

찍었던 광고도 계약 기간이 얼마 남지 않았거나 이미 지났다.

그러니 지금 전화를 하는 광고주들의 대부분은 아마도 찍기로 예정되어 있던 광고를 취소하는 전화가 대부분일 것이다.

"음."

그렇다고 화가 나지 않는 것은 아니다.

인기가 전성기만 못하지만 아직도 최유진은 잘 팔리는 톱 스타다.

그리고 수현 또한 작년 인도네시아에서 발생한 쓰나미에서 인명을 구하고, 또 피해를 입은 원주민 마을에 들어가 적극적으로 복구 작업을 돕던 것이 방송을 통해 알려지면서 전 세계적인 인지도를 얻으며 최고의 주가를 달리고 있다.

그 때문에 겨우 한 편의 드라마에서 조연을 했던 수현이 연기 도전 두 번 만에 주연에 올랐다.

작은 단막극도 아니고 제작비가 무려 100억이 넘어가는 대작에서 말이다.

수현이 주연으로 출연한 전쟁의 신 아레스는 공전의 히트를 치며 수목드라마로는 불가능이라 했던 40%의 시청률을 기어코 넘었다.

더욱이 전쟁의 신 아레스는 그 인기에 힘입어 중국과 일본은 물론이고 아시아 각국에 판매 계약을 체결하여 제작비의 여덟 배 수익을 창출하였다.

잘 찍은 드라마 한 편으로 대박을 친 KTV에서는 전쟁의 신 아레스의 후속으로 시즌 2 기획에 대한 이야기가 나올 정도로 방송국 내에서도 분위기가 좋았다.

그래서 전쟁의 신 아레스에서 좋은 연기를 보였던 수현에게도 시즌2에 출연 제의가 들어온 상태다.

그런데 이렇게 디스팩트가 기사를 내서 초를 치니, 화가 날 수밖에.

더군다나 기사가 사실이라면 수긍을 할 테지만 디스팩트에서 내보낸 기사에는 팩트는 없고 그저 추측성 가십 내용만이 농후했다.

그러니 이재명이 이토록 화를 참지 못하는 것이다.

*　　　　*　　　　*

데블맨 : ㅎㅎ 이 새X 잘나간다 할 때부터 알아봤다. 쓰레기 새X.

여성시대만세 : 어쩜 정X현 그렇게 안 봤는데, 인면수심이 따로 없네!

여자대통령 : 여자를 농락한 X끼는 자X를 잘라 버려야 해!

수현마눌 : 윗분들 말이 너무 심하네요. 우리 수현 씨가 무엇을 잘못했다는 것입니까? 그리고 미혼인 남성이 결혼을 하지 않은 이성을 만날 수도 있는 것이지, 그것이 무슨 잘못이라고 그리 매도를 합니까?

ㄴ 데블맨 : 닉네임 봐라! 그런 쓰레기를 빨고 싶냐! 정신 차려라!

ㄴ 수현마눌 : 님이야말로 확인된 사실도 아닌데 그런 식

으로 말씀하시는 것 아니에요. 그러다 명예회손으로 고소당할 수도 있어요.

   ㄴ 데블맨 : 명예회손? ㅋㅋㅋ 명예훼손이겠지! 한글이나 더 배우고 와라!

   정의구현 : 정말 믿고 싶지 않은 뉴스다. 하지만 정말로 공인으로서 저런 부도덕한 짓을 저지른 것이 사실이라면 책임을 지고 죄를 인정해라!

   ㄴ 파란대문 : 정의구현 미친X끼, 정수현이 무슨 범죄를 저질렀다는 것이냐? 죄를 인정하라니! 막말로 기사 쓴 곳을 봐라! 디스팩트다. 디스팩트! 걔들 말을 믿냐! 전에 여배우 막말 사건 기억 안 나냐? 그 새X들 증거라고 내놓은 녹음 파일이 사실은 편집된 내용이었던 것. 물론 둘 다 잘한 것은 없었지만 언론사라고 떠들던 디스팩트는 제 본분도 지키지 않은 찌라시라는 것이 들통난 사건인데 어떻게 걔들이 쓴 기사를 믿냐! 그리고 기사 내용이 사실이라도 그게 뭐, 너희는 결혼 전에 지금 결혼한 배우자와만 연애를 했냐?

   ㄴ 정의구현 : 헐! 선비 나셨네! 너 정수현이지, 여기서 언플하지 말고 똑바로 살아라!

   ㄴ 파란대문 : 미친X끼 이름값도 못하는 새X가 이름만 정의 구현하지 말고 사람이 사실을 이야기하면 좀 알아보고 짖어라!

대한민국은 때아닌 연예가 기사 하나로 아수라장이 되었
다.

정상급 톱스타와 유명 남자 아이돌 그룹 멤버의 스캔들
때문이다.

두 사람의 나이 차이가 10년이 넘어가고, 또 남성도 아
닌 여성 쪽이 나이도 많고 또 한 번 결혼을 해서 아이까지
딸린 이혼녀라는 사실이다.

그뿐이면 이렇게까지 이슈가 커지지 않았을지도 모를 일
인데, 설상가상으로 아이돌 그룹 멤버인 남자에게는 또 다
른 여자가 있다는 것이다.

그 상대가 외국의 유명 여배우고 또 그녀 또한 남자에 비
해 연상이라는 것이 입방아 찧기 좋아하는 사람들에게 좋은
먹잇감이 되었다.

그 때문인지 기사가 터지고 난 뒤, 마치 작은 눈덩이가
계곡을 내려가면서 점점 덩어리가 커지듯 소문은 꼬리에 꼬
리를 물고 갈수록 막장으로 흘렀다.

어떤 소문에는 여자 톱스타의 이혼이, 그 남자 아이돌 그
룹 멤버와의 불륜을 남편이 알게 돼서라는 이야기도 있고,
그녀의 자식들이 사실 전남편의 아이가 아니라 기사에 나온
아이돌 멤버의 아이라는 말도 되지 않는 이야기까지 나오고

있었다.

그런데 이러한 확인되지 않은 소문에 기름을 붓는 행위를 하는 이들이 있었는데, 그들은 바로 처음 스캔들 기사를 터뜨린 디스팩트와 비슷한 찌라시 인터넷 기자들이었다.

이들이 확인되지 않은 사실을 마치 사실인 양 검증 과정 없이 바로 기사로 올려 이러한 루머가 더욱 확산되는 데 일조했다.

이에 스캔들 당사자인 최유진과 정수현의 소속사인 킹덤 엔터에서는 강경한 태도로 거짓 과장 기사를 낸 기자들과 기사에 두 사람의 명예훼손에 해당하는 악성 댓글을 단 사람들에 대해 무고와 명예훼손으로 고소장을 제출하였다.

하지만 두 사람에 대해 악성 댓글을 단 사람들이나 확인되지 않은 내용을 가지고 마치 사실인 양 기사를 쓴 찌라시 기자들은 이러한 킹덤 엔터의 행보에 더욱 거세게 반발하고 있었다.

＊　　　＊　　　＊

여의도 국회의사당 모처.

"휴. 사람들의 시선이 모두 이쪽으로 쏠려 다행이군."

"그렇습니다. 이런 때 이런 기사가 나다니 천만다행이 아닐 수가 없습니다."

"그러게요. 누가 터뜨렸는지 참 일 잘했어."

장년의 사내들은 편안한 소파에 몸을 묻고는 안도의 한숨을 쉬며 이야기를 하였다.

이들이 이런 대화를 하는 이유는 자신들의 치부가 드러나 자칫 잘못했다가는 야당에 약점을 잡힐 뻔하였는데, 직후 이런 연예인의 스캔들 기사가 터지는 바람에 그들의 일이 묻힌 때문이었다.

사실 감추고 있던 치부가 터지게 되면 이 자리에 있는 몇몇은 가슴에 차고 있는 배지를 벗을 수도 있는 문제였다.

물론 일이 그렇게 될 때까지 두고 보지는 않겠지만, 정치란 것이 모두 계획대로 되는 것이 아니기에 문제가 발생하면 정치권에서는 시선을 돌리기 위해 다른 가십성 뉴스거리를 먹잇감으로 던졌다.

그런데 이번에는 자신들이 가십성 기사를 던져 주기도 전에 연예계에서 먼저 터졌다.

그 때문에 굳이 비자금을 쓰지 않아도 되어 더욱 기분이 좋아진 것이다.

"김 보좌관."

"예, 의원님."

"우리 쪽으로는 아예 시선도 돌리지 않게 이거 좀 더 태워봐."

"알겠습니다."

국민이 정치에 관심을 덜 쓸수록 정치인들에게는 이득이었다.

입으로는 국민이 국가의 주인이라고 떠들지만 이들의 정신세계에는 전혀 그러한 생각이 없었다.

대한민국이라는 국가는 국민이 주인이 아니라 자신들과 같은 몇몇 권력자들의 것이다.

아니, 국가도 자신들의 이득을 위해선 언제든 이용할 수 있는 도구에 불과했다.

그래서 이들은 국익보단 자신이 속한 단체의 이익을 더욱 중요시했고, 또 조직의 이득보다 자신의 이득을 더욱 신경 썼다.

그가 보좌관에게 연예계에 부는 스캔들을 더욱 확대되게 만들라고 하는 것도 그런 맥락에서 하는 말이었다.

*   *   *

킹덤 엔터 회의실 안.

점점 번지는 스캔들 관련 루머로 인해 킹덤 엔터의 이재명 사장을 비롯한 임직원들은 비상사태에 들어갔다.

"그자들은 아직도 기사를 내리지 않고 버티는 중인가?"

"예, 국민의 알 권리를 충족시키기 위해 내릴 수 없다고 주장하고 있습니다."

홍보부 박명환 이사는 이재명 사장의 물음에 그렇게 대답을 하였다.

최초 기사를 터뜨린 디스팩트는 진즉에 자신들의 기사를 내렸지만, 그 뒤로 디스팩트로부터 기사를 받은 다른 인터넷 기자들이 말도 되지 않는 논리를 들어 계속해서 루머를 마치 사실인 것처럼 기사를 올리며 소문을 키우고 있었다.

"음."

이재명 사장은 대답을 듣고 작게 신음을 흘렸다.

다른 때 같으면 자신들이 검찰에 명예훼손으로 신고를 접수하면 못 이기는 척 기사를 내리고 협상을 하자고 손을 내밀던 이들이, 무슨 이유에서인지 안면 몰수한 채 뻗대고 있었다.

'뭔가 우리가 모르는 일이 있는 것이 분명해.'

박명환 이사의 대답에 잠시 궁리를 하던 이재명의 뇌리에 뭔가 불길한 예감이 스치고 지나갔다.

"혹시 정치권이 나서서 물타기를 하는 것이 아닐까?"

"예?"

느닷없는 이재명 사장의 말에 옆자리에 있던 김재원 전무가 눈을 크게 뜨며 놀라 소리쳤다.

"사장님, 그게 무슨 소립니까? 정치권이라니요?"

소속사 연예인들의 스캔들 기사에 갑자기 정치권이 웬 말인가? 더욱이 자신들은 정치권과 아무런 연관이 없지 않은

가. 그렇다고 최유진이나 정수현이 평소에 정치적 발언을 하는 연예인도 아닌데 무엇 때문에 정치권에게 이번 일에 관여를 한다는 것인지 알 수가 없었다.

"사장님, 뭐 들은 것이라도 있는 것입니까?"

혹시나 자신이 모르는 어떤 이야기라도 들은 것이 있는지 물어보는 김재원이다.

"아니, 그런 것은 아닌데, 중앙지나 기사를 쓰는 다른 모든 언론들이 이상하게 우리의 이야기를 흘려듣는 것 같아서 하는 말이야."

"아!"

김재원도 이재명 사장의 말에 뭔가 생각이 났는지 짧게 탄성을 질렀다.

'맞아. 뭔가 정상적인 흐름이 아니야.'

현재 돌아가는 분위기는 무언가 정상적인 흐름이 아니라 누군가의 의도처럼 소문에 소문이 꼬리를 물고 점점 눈덩이마냥 불어나고 있었다.

보통 연예계에 스캔들이 터지면 기자들은 그 진위 여부를 소속사에 문의한다.

그러면 소속사에서는 며칠 뒤 당사자들에게 물어 공식 입장을 내놓는 것이 보편적이다.

그런데 이번 사태는 달랐다.

킹덤 엔터에서는 분명 스캔들 기사에 공식적으로 반박을

하고 뒤이어 고발까지 하였다.

이 정도면 처음 스캔들 기사를 터뜨린 곳에서 추가 폭로를 하던가, 아니면 정정 기사를 내는 것이 정상이다.

하지만 처음 기사를 낸 디스팩트는 킹덤 엔터와 협상을 하지 않고 슬그머니 기사를 내리고 뒤로 물러섰다.

그 뒤로 디스팩트 대신 그들이 냈던 스캔들 기사에 살을 붙인 기사가 인터넷 뉴스로 퍼지기 시작했다.

모두 추측성 기사로 사실과는 전혀 상관도 없는 소설이었다.

그럼에도 기사라는 이름으로 메인을 장식했다.

그에 킹덤 엔터에서는 정식으로 고발을 하고 거짓 기사를 쓴 언론사에 대한 정식 수사 의뢰를 하였지만 이도 킹덤 엔터의 생각과 다르게 흘러갔다. 뜻밖에도 마치 외압이라도 받은 듯 검찰의 수사는 지나치게 소극적이었다.

그래서 이재명은 이러한 정황을 두고 정치권이 이번 일에 개입된 것이 아닌가 하는 의심을 하는 것이다.

"만약 그렇다면 저희도 큰일이지 않습니까?"

김재원 전무는 심각한 표정으로 물었다.

하지만 그의 질문에 이재명 사장은 대답을 하지 않고 뭔가 생각하는지 입을 굳게 닫았다.

"최유진 씨와 정수현은 어떻게 하고 있나?"

한참을 고민하던 이재명이 입을 열고 한 말은 최유진과

수현 두 사람의 근황이었다.

"예, 유진 씨는 현재 자택에서 칩거 중입니다."

배우와 탤런트 관리부 최종일 이사가 대답을 하였다.

현재 최유진은 스캔들 기사가 터지고 한 차례 킹덤 엔터에 나와 자신의 입장을 표명하고 바로 자신의 집에 은둔을 하였다.

이는 이재명 사장과 이소진의 조언에 따른 것으로, 스케줄을 최소한으로 줄이며 기자들과의 접촉을 사전에 차단하였다.

이재명 사장이나 이소진이 이런 조치를 취한 것은 현재 최유진의 정신 건강이 정상이 아니기 때문이다.

장기간 정신과 치료를 받아 많이 호전이 되기는 했지만 그래도 혹시 모르는 일이기에 취한 조치다.

"수현의 경우는 로열 가드의 스케줄 때문에 최유진 씨와 같은 방법을 취할 수 없어 최소한의 스케줄만 활동을 하려고 하는데, 수현이 이를 거부하고 있습니다."

느닷없는 전창걸 부장의 이야기에 이재명 사장을 비롯한 김재원 전무 등 킹덤 엔터의 간부들이 전부 그를 쳐다보았다.

"그게 무슨 말이지?"

"네, 현재 수현이의 생각은 굳이 사실도 아닌 거짓에 자신이 피할 이유가 없다는 것입니다. 다만, 현재 나오고 있는 기사들을 보면서 기자들에게 자신의 진실을 말하기보단 TV를 통해 자신이 심정을 팬들에게 직접 전달하고 싶다는 이야깁니다."

전창걸의 이야기가 끝나자 이재명 사장을 비롯한 간부들은 심각한 고민에 빠졌다.

방금 전 자신들이 들은 이야기를 두고 어떤 것이 자신들에게 유리한 여론을 형성할 것인지를 계산하는 것이다.

'나쁘지 않아.'

수현의 생각을 전달받은 킹덤 엔터의 간부들은 다들 수현의 의견이 나쁘지 않다는 결론을 내렸다.

"좀 더 자세한 이야기를 들을 수 있을까?"

"네. 기사에 달린 댓글들을 보면 아직도 저희와 수현 씨를 욕하는 글들이 많기는 하지만 팬들 중에는 수현 씨는 응원하는 글도 많습니다. 이는 그동안 저희와 수현 씨가 보여 준 긍정적인 모습에서 기인된 것이라 판단됩니다."

전창걸은 잠시 하던 말을 멈추고 입술을 한 번 훔쳤다.

너무 긴장을 하다 보니 입술이 바짝 말라 따끔거렸기도 했고, 잠시 생각을 정리할 시간이 필요했기 때문이다.

그렇게 잠시 숨을 고른 전창걸은 다시 멈췄던 이야기를 계속했다.

사실 전창걸도 처음 수현의 스캔들 기사가 터졌을 때 평소 연예인들의 스캔들 기사 대응처럼 대처하려 하였다.

하지만 수현의 생각은 달랐다.

좀 더 적극적으로 강경하게 대응을 해야 나중에라도 이와 비슷한 일이 재발하지 않을 것이라 생각했다.

그 때문에 소극적으로 대응을 하는 회사의 생각에 반박하며 계속해서 스케줄을 이어가면서 기회가 될 때마다 적극적으로 자신의 이야기를 하였다.

그렇지만 수현의 이야기를 들은 기자들은 수현이 전하는 진실을 믿으려 하지 않고 자신들이 궁금해하는 이야기를 계속해서 묻거나, 아니면 자신들의 생각에 맞는 이야기를 만들어 기사로 작성하는 작태를 해 보였다.

이에 수현은 더 이상 기자들에게 자신의 진실을 전하려 애쓰기보단 방송 카메라에 대고 직접적으로 팬들에게 자신의 생각을 이야기하기로 작정을 하였다.

그래서 회사에서 스케줄을 줄이라는 이야기가 나올 때마다 반발을 하며 더욱 많은 스케줄을 잡아달라고 부탁을 하는 중이다.

Chapter 4

위기의 여배우

반짝반짝.

짝짝짝짝.

음악이 끝나고 관객석에서 박수 소리가 들린다.

그리고 반짝이던 조명들이 하나둘 꺼지면서 무대가 어두워지자 무대 위에서 춤과 노래를 부르던 가수들이 자신의 무대를 마감하고 천천히 무대 뒤로 내려갔다.

차차장.

두구두구두두둑.

잠깐의 아주 짧은 무대 정리 시간이 끝나고 또다시 새로운 음악 소리와 함께 무대 위로 조명이 들어오고 무대 가운

데에는 새로운 가수들이 나와 자신들의 춤과 노래를 불렀다.

그런 가수들의 노래를 무대 뒤에서 지켜보는 로열 가드 멤버들의 표정이 굳어 있다.

얼마 전까지만 해도 자신들의 무대를 하기 전에는 기분 좋은 흥분 속에서 무대를 준비했겠지만 지금은 그렇지 못했다.

현재 로열 가드, 정확하게는 로열 가드의 리더이자 정신적 지주인 수현에 관한 스캔들로 인해 팬들의 인식이 무척이나 좋지 못했기 때문이다.

더욱이 오늘 본방송 녹화 전 연습 무대를 가질 때 발생한 일 때문에 멤버들 모두가 우려의 눈빛으로 모두 수현을 곁눈질하였다.

티를 내려고 하지는 않았지만 본능적으로 그러는 것이다.

무엇 때문에 이들이 평소와 다른 모습을 보이는가 하면, 방청석에 팬들이 앉은 상태에서 하는 최종 리허설 도중 객석 앞쪽에 있던 일부 팬들이 이상한 문구의 플래카드를 펼쳤다.

그 플래카드에는 이렇게 적혀 있었다.

[로열 가드의 리더 수현, 문란한 사생활로 다른 멤버들에게 피해 주지 말고 그룹에서 자진 탈퇴해라! 멤버들에게 미안하지도 않

냐! – 아발론 카페 일동]

참으로 충격적인 내용의 글이 아닐 수 없었다.

아이돌 그룹 멤버에게 문란한 사생활이라니, 그리고 자신들은 아무런 상관도 없는데 무슨 근거로 멤버들에게 피해를 준다고 단정하는지 이해를 할 수가 없다.

아무리 팬이라고 해도 그건 나가도 너무 나간 처사였다.

다만, 로열 가드 멤버들이 충격을 먹은 것은 아발론 카페가 로열 가드의 정식 팬 카페는 아니지만 그래도 결연을 맺은 팬 카페였기 때문이다.

더군다나 아발론은 수현이 속한 로열 가드의 유닛 그룹인 나이트 R의 팬 카페이기도 했다.

로열 가드는 유닛 그룹 두 개가 뭉친 통합 그룹의 형태로 데뷔 초기 수현의 인기에 편승해 만들어진 그룹이다.

그렇기 때문에 수현이 속한 나이트 R이나 발라드 계열의 노래를 주로 하는 나이트 G 멤버들 모두 수현에게 고마운 마음을 가지고 있다.

그가 아니라면 자신들이 연예계 데뷔를 하는 것이 몇 년 더 늦어졌을 것이란 것을 너무도 잘 알기 때문이다.

그런데 이번 황당한 스캔들 한 번으로 자신들이 흔들리고 또 수현을 싫어할 것이라 지레짐작하고 일을 벌이는 저들의 행태에 오히려 화가 났다.

그러면서도 혹시나 수현이 저런 팬들의 글을 보고 자신들의 곁을 떠나는 것은 아닐까 걱정이 되기도 했다.

"뭐야? 왜 그런 불안한 표정으로 있는 거야. 우린 로열가드다. 이제 갓 데뷔한 신인도 아니면서 왜들 그렇게 얼어 있는 거냐?"

수현은 자신을 힐끗 쳐다보며 불안해하는 멤버들을 향해 물었다.

"혹시 아까 본 플래카드 때문에 그러는 거냐?"

수현은 혹시나 하는 마음에 멤버들이 불안해하는 이유에 대해 물어보았다.

"네."

수현은 물음에 대답하는 멤버들을 보며 담담한 표정으로 이야기를 꺼냈다.

"난 그런 것 신경 쓰지 않는다. 팬들의 마음이란 것은 갈대와 같아서 바람이 불면 부는 대로 이쪽으로 또 저쪽으로 흔들리는 것이다."

수현이 처음 최유진의 경호원으로 그녀를 따라다닐 때, 그리고 연예인이 되어 데뷔를 하고 스타가 되었을 때도 연예계에는 많은 일들이 벌어졌다. 그중에는 지금 그가 당하고 있는 어처구니없는 일들도 빈번하게 일어났다.

불륜도 아니고, 미혼 혹은 싱글인 남녀들이 만나는 것이 무슨 범죄라도 되는 듯 도촬을 하고, 또 그것이 정당한 것

스타일라이드

인 양 떠드는 연예부 기자들의 모습이나 또 그들의 소설과
도 같은 기사에 현혹이 되어 자신들이 응원하던 스타를 향
해 하루아침에 마치 나라 팔아먹은 매국노를 보는 것마냥
비판을 하고 욕을 한다.

그리고 또 시간이 흐르면 언제 그랬냐는 듯 다시 자신들
이 욕하던 대상을 숭배하고 연호한다.

참으로 도깨비장난이 아닌가 싶은 생각마저 든다.

그렇기에 수현은 팬들이 뭐라고 떠들든, 기자들이 무슨
소리를 써 재끼든 상관이 없었다.

다만, 함께하는 동생들이 무슨 생각을 할 것인지 그것이
중요했다.

조금 전 보았던 플래카드의 내용처럼 동생들이 그렇게 생
각을 한다면 자신도 동생들을 위해서 그룹에서 빠져 줄 용
의가 있었다.

어차피 자신은 연예계에 크게 미련은 없다.

로열 가드가 재작년 데뷔와 함께 큰 인기를 끌면서 돈은
남들이 생각하지도 못할 만큼 벌었다.

사람의 욕심이라는 것은 한계가 없다고 하지만 수현은 그
렇지 않았다.

이미 자신은 시스템으로 인해 여러 가지 재능을 가지게
되었다.

형편상 대학을 가지 않았지만 뒤늦게 지식욕이 생기면서

많은 공부를 하였다.

물론 그것이 정식으로 대학을 다니면서 얻을 수 있는 그러한 양식과는 거리가 있겠지만, 적어도 지식 면에서는 이제는 전문가 못지않을 만큼 쌓았다.

뿐만 아니라 연예인을 그만두더라도 먹고살 길은 많았다.

작년 여름 관심을 가지고 익혔던 요리도 있고, 또 연예인이 되기 전 했던 태권도 사범도 있었다.

물론 이제 와서 태권도 사범으로 들어가는 것은 폼이 나지 않을 것이고, 또 돈도 있는데 굳이 남의 밑에 들어갈 필요도 없었다.

만약 연예인을 계속한다면, 굳이 국내 활동을 고집할 이유가 없었다.

현재 그를 부르는 나라는 많았다.

스캔들이 터져 떠들썩하는 와중에도 중국이나 동남아시아에서는 계속해서 러브 콜을 보내고 있었다.

수현이 그동안 쌓은 이미지가 있었기에 이들 나라에서는 이번 스캔들 정도로는 흔들리지 않고 있었다.

한국의 유명 스타이면서도 공연을 오면 언제나 그 나라 팬을 위해 그 나라 말로 인사하는 건 물론이고, 노래도 그 나라 말로 번역하여 들려주었다.

뿐만 아니라 공연 수익 중 일부는 꼭 그 나라 불우한 환경에 놓인 팬들에 대한 후원금으로 내놓았기에 이런 미담을 들은 팬들은 더욱 로열 가드와 수현에 대해 호의적일 수밖에 없었다.

그에 비해 한국은 어떤가? 똑같이 후원하고 봉사 활동을 함에도 불구하고 한국의 일부 팬들은 아직 확인도 되지 않은 일을 가지고 수현에 대한 성토를 외치고 있었다.

이런 한국과 외국 팬들의 갈리는 반응이 비교가 되면서 수현의 마음도 점점 식어갔다.

그러니 조금 전 로열 가드의 팬 카페 중 한 곳인 아발론 카페의 팬 일부가 그런 수현을 성토하는 플래카드를 펼쳐 보인 것에 별로 동요하지 않는 것이기도 하다.

"일단 그런 것은 제쳐 놓고, 앞에 있을 우리 무대만 생각하자. 팬들의 반응에 일희일비할 때는 지나지 않았냐?"

수현은 아직도 불안해하는 동생들을 보며 그렇게 다독였다.

"네."

"알았어요."

수현의 다독임에 로열 가드 멤버들은 고개를 끄덕였다.

이들도 팬들이 어떻든 자신들은 프로이기에 무대를 앞두고 흔들려서는 안 된다는 것을 잘 알고 있었다.

그렇지만 로열 가드 멤버들이 아무리 데뷔 3년차라고는 하지만 아직은 어린 청년들이다.

팬들의 반응에 쉽게 흔들릴 수 있었다.

하지만 옆에서 수현이 기준을 잡아주니 금방 정신을 차리고 무대에 집중하였다.

*　　　　*　　　　*

찰칵. 찰칵.

"그게 사실입니까?"

"한 말씀 해주시기 바랍니다. 팬들이 궁금해하고 있습니다."

어디에 있었는지, 로열 가드와 수현이 방송국 밖으로 나오기가 무섭게 기자들이 달려들어 카메라와 마이크를 들이댔다.

"비켜주세요."

"좀 지나가겠습니다."

마치 먹이를 노리는 좀비와도 같은 기자들의 모습에, 길을 뚫기 위해 매니저들과 또 혹시 모를 사고를 대비해 고용한 경호원들이 나섰다.

"정수현 씨, 팬들에게 미안한 마음이 없습니까?"

매니저와 경호원들이 뚫어놓은 길을 지나 대기하고 있던 차에 탑승을 하려던 때, 수현의 귓바퀴를 때리는 소리가 있었다.

어처구니없는 질문에 수현은 오르려던 행동을 멈추고 뒤

를 돌아보며 목소리가 들린 곳을 주시했다.

그곳에는 조금은 야비하게 생긴 기자가 있었다.

바로 최초로 수현의 스캔들 기사를 터뜨린 디스펙트의 조지훈 기자였다.

수현은 잠시 그의 얼굴을 쳐다보았다.

그리고 나직한 목소리로 그를 향해 입을 열었다.

"내가 팬들에게 무슨 미안한 감정을 가져야 한다는 것이죠?"

찰칵. 찰칵.

수현이 입을 열자 기다렸다는 듯 주변에 있던 카메라 기자들이 사진을 찍기 시작했다. 그러든 말든 아랑곳하지 않고 수현은 말을 이어갔다.

"내가 무슨 범죄라도 저질렀다는 말씀이십니까?"

참으로 어처구니가 없는 질문이다.

아니, 자신이 무슨 잘못을 했기에 팬들에게 미안한 마음을 가져야 한다는 말인가? 이는 아무리 생각을 해봐도 도저히 납득이 가지 않는 질문이었다.

"그럼 잘못이 없다는 말씀입니까?"

조지훈은 수현의 자신이 무슨 잘못을 했냐는 질문에 입가에 비틀린 미소를 지으며 다시 한번 질문을 하였다. 또 한번 불씨를 지필 만한 거리를 잡아냈다 여기는 것이다.

"그러니까, 제가 어떤 잘못을 했는지 기자님께서 알려주시죠. 제가 어떤 잘못을, 팬들에게 했는지 말입니다."

수현은 자신을 주시하는 많은 기자들에게 전혀 기죽지 않고 당당하게 물었다.

그런 수현의 모습에 오히려 수현을 압박하던 기자들이 순간 기가 죽었다.

잘못을 한 사람이라고 보기에는 너무도 당당한 모습이었다.

수현을 압박해 어떻게든 그의 흐트러진 모습, 약한 모습을 카메라에 담아 더욱 많은 기삿거리를 낚으려던 기자들은 뭔가 잘못되었다는 것을 깨달았다.

'뭐야. 정수현 뭔데 저리 당당하지? 설마 그 기사가 잘못된 것은 아니야?'

디스팩트의 조지훈을 뺀 나머지 기자들은 순간적으로 움찔했다.

자신들은 조지훈의 기사를 받아 여느 때 스캔들을 일으킨 연예인을 취재하듯 수현에게 카메라를 마구 들이댔다.

그런데 지금까지 자신들이 겪어보았던 스타들과 너무도 상반된 수현의 반응에 기자들도 당황한 것이다.

심지어는 자신들이 잘못하고 있는 것은 아닌가 하는 생각마저 들었다.

요즘의 스타들은 예전의 연예인들과 그 성향이 많이 달랐다.

예전에는 이런 스캔들 기사가 나면 어떻게든 숨기려고 기자들에게 딜을 먼저 요구하였다.

하지만 요즘에는 기사에 대해 강경하게 대처하며 소송을 벌이는 이들도 늘고 있었다.

수현의 반응을 보니 만약 자신들이 조금이라도 거짓이나 과장된 기사를 썼다가는 두 번째 유형의 스타들처럼 고소를 할지도 모른다 싶어 위기감이 엄습해 왔다.

"왜 제 질문에 답을 해주지 않는 것입니까? 제가 무슨 잘못을 했는지 알려주시지 못하는 것입니까? 아니면 제가 잘못도 없는데 기사를 쓰기 위해 일부러 저를 자극하는 것입니까?"

수현은 자신의 잘못을 알려달라는 질문을 했으면서도, 기다리지 않고 계속해서 또 다른 질문을 쏟아냈다.

"만약 저에 대한 기사 중 조금이라도 거짓과 과장된 내용이 들어간다면 법정에서 절 보시게 될 것입니다."

수현은 마지막으로 기자들을 돌아보며 그렇게 강한 어조로 말을 마치고 차에 탑승하였다.

너무도 당당한 수현의 모습에 기자들은 수현이 탑승한 차량이 자리를 떠났음에도 한동안 자리를 떠날 수가 없었다.

그도 그럴 것이, 수현이 남기고 간 말이 그들의 뇌리에 계속해서 떠돌았기 때문이다.

＊　　　＊　　　＊

─ 공인으로서 정 모 씨의 이번 발언은 너무도 부적절한 발언이 아닐 수 없습니다. 이상 STV 마감 뉴스 배연진이었습니다.

틱.

수현은 막 씻고 밖으로 나오는데 TV가 꺼지는 것을 보고는 물었다.

"왜? 그냥 봐도 상관없다."

"아니에요. 뉴스도 별거 없더라고요. 그냥 내일 스케줄이 있으니 일찍 들어가 자려고요."

로열 가드 멤버 박정수는 화장실에서 씻고 나오는 수현의 모습에 얼른 그에 관한 안 좋은 뉴스를 감추기 위해 TV를 껐지만 귀가 밝은 수현의 귀는 이미 뉴스를 모두 들었다.

그렇지만 수현은 자신에 관한 기분 나쁜 뉴스에 관해 별다른 감상이 없었다.

"내 눈치 보지 말고 그냥 평소대로 해. 너희가 날 위해 그러는 것은 알지만, 그게 더 신경이 쓰인다."

수현은 멤버들이 자신을 위해 최대한 배려하고 있음을 잘 알고 있었다.

하지만 그럴수록 수현은 더욱 동생들이 신경 쓰였다.

그냥 자신의 눈치 보지 말고 평소대로 한다면 더 편할 것 같았다.

그것을 에둘러 말하는 것이다.

"네. 애들에게는 그렇게 전할게요."

"그래, 그럼 그렇게 알고 난 먼저 들어간다."

"네. 쉬세요."

덜컹. 탁.

정수에게 자신의 생각을 말하고 방으로 들어온 수현은 자신과 함께 방을 쓰고 있는 윤호의 침대를 돌아보았다.

하지만 그 침대의 주인은 자리에 없었다.

아니, 그 침대는 흐트러짐 하나 없는 아주 깨끗한 모습이다.

아마도 자신을 위해 자리를 비켜준 것이리라. 수현은 그런 윤호의 배려에 잠시 주인 없는 침대를 돌아보다 휴대폰을 들었다.

자신과 엮인 스캔들로 인해 곤욕을 치르고 있을 최유진과 통화를 하려는 것이다.

따르릉.

덜컹.

— 여보세요.

짧은 연결 음이 들리고 전화를 받는 소음이 들리더니 통화가 연결이 되었다.

하지만 전화를 받는 사람은 전화의 주인인 최유진의 목소리가 아니었다.

─ 여보세요?

통화의 주인이 생각한 주인공이 아니기에 잠시 뜸을 들이는 동안 상대에게서 재촉하는 듯한 목소리가 들렸다.

'아, 소진 누나구나.'

그랬다. 전화를 받은 사람은 휴대폰의 주인인 최유진이 아니라 그녀의 매니저인 이소진이었다.

"소진 누나, 저 수현이에요."

수현은 전화를 건 사람이 자신임을 밝혔다.

─ 아, 수현이었구나.

"네. 그런데 유진 누나가 받지 않고 왜 누나가 전화를 받아요?"

휴대폰 주인이 받지 않는 이유에 대해 묻자 이소진은 그 이유에 대해 간단하게 설명을 해주었다.

─ 그게, 자꾸 유진 언니의 전화로 기자들이 전화를 하는 통에 언니 휴대폰을 지금 내가 받아놓고 전화가 올 때마다 확인을 하는 중이다. 언니 바꿔줄 테니 기다려.

이소진은 자신이 최유진의 휴대폰을 가지고 있는 이유를 설명하고는 최유진에게 통화를 넘겼다.

휴대폰 너머로 이소진의 목소리가 작게 들리는 듯하더니 곧이어 최유진의 목소리가 들렸다.

─ 수현아, 전화 바꿨다. 그래, 무슨 일로 전화한 것이야?

전화를 받은 최유진이 무엇 때문에 전화를 한 것인지 물었다.

질문을 받은 수현은 잠시 할 말이 생각나지 않아 아무런 말도 하지 못했다.

— 뭐야, 내게 할 말도 없는데 그냥 전화한 것이야?

재촉하는 최유진의 목소리에 수현은 얼른 대답을 하였다.

"아, 아니에요. 요즘 어떻게 지내는지 궁금하기도 하고, 누나가 걱정되기도 해서요. 요즘 어때요?"

수현은 낮고 부드러운 목소리로 근황을 물어보았다.

＊　　　＊　　　＊

한편, 오랜만에 통화를 하는 수현의 부드러운 목소리에 최유진은 한동안 멍하니 휴대폰을 귀에 대고 가만히 있었다.

논란을 막기 위해 회사에서는 두 사람이 만나는 것을 자제시켰다.

최유진도 그러한 회사의 방침을 긍정적으로 받아들이고 자신의 집에서 칩거를 하였다.

물론 가끔 이렇게 통화를 하면서 외부 소식도 듣고 서로의 근황을 물으며 안정을 취했다.

최유진은 전남편인 성정국의 외도 사실을 알게 되면서 불안정한 모습을 보이다가 수현을 통해 겨우 중심을 잡을 수 있었다.

물론 중간에 술에 취해 못 볼 꼴을 보이기는 했지만 어찌되었든 최유진은 무너져 가는 정신을 수현을 통해 추슬렀다.

그 뒤로 이혼을 하고, 또 편모 가정을 이루게 되었지만 딸들만은 제대로 키우기 위해 악착같이 노력을 하였다.

뒤늦게 자신의 정신 건강이 아직도 불안정함을 알게 됐으나 연예 활동을 하는 와중에도 상담 치료를 병행하여 많이 좋아졌다.

하지만 호사다마라고 했던가? 아니면 나쁜 일은 예고 없이 온다는 말이 맞을지 모르겠지만 그토록 조심했음에도 스캔들이 터지고 말았다.

최유진은 연예계에서 오래 활동을 하다 보니 별꼴을 많이 봤다.

아니 땐 굴뚝에서 연기가 나는 것도 보았고, 기획사와 연예인 간의 기 싸움으로 불거진 트러블로 인한 음모와 암투를 겪기도 했다.

이번 스캔들도 그런 맥락에서 보면 별것 아니었다.

그러나 자신이야 산전수전을 다 겪은 이제는 중견에 속하는 연예인이지만, 수현은 톱스타라 불리기는 해도 이제 겨우 데뷔 3년차의 신인이나 다름없는 존재다. 크든 작든 간에 스캔들이 나면 활동에 제동이 걸릴 수도 있었다.

수현은 비록 나이는 자신보다 어리지만 지금껏 만나본 그 어떤 남자보다 남자답고 또 책임감이 강한 사내였다. 정말로 나이 차이만 더 적었더라면 대시를 해보고 싶은 남자였다.

하지만 최유진은 그것이 자신의 욕심임을 너무도 잘 알고 있다.

그래서 수현에게도 확실하게 선을 그었다.

자신은 다시는 재혼을 하지 않을 것임을 말이다.

가끔 데이트하는 사이라고는 하지만 그를 재혼 상대로 생각지는 않았다.

그저 수현이 결혼을 하기 전까지 나이를 떠나 여자로서의 로맨스를 좀 더 즐기고 싶을 뿐이었다.

재작년 술 때문에 실수한 일로 자신을 책임지려는 수현의 행동에 최유진은 고마우면서도 또 한편으로는 부담이 되기도 해 자신의 그런 심경을 솔직히 밝혔다.

그런 자신의 생각을 수현 또한 이해하고 수용했다.

수현은 그렇게 나이에 맞지 않게 남자답고 어른스러운 데가 있었다.

방금 전에도 그렇다.

낮 동안은 외롭다는 생각이나 세상에 혼자 버려진 듯한 느낌이 적은데, 태양이 떨어지고 사위가 어두워지면 정신

또한 어둠에 먹히는 것인지 낮 동안 괜찮았던 기분은 사라지고 암울한 생각이나 고독감과 우울한 생각이 가득 마음을 물들인다.

그러던 참에 본인도 힘겨울 텐데 전화를 걸어 자신을 위로하는 수현의 목소리를 듣다 보니 최유진은 자신도 모르게 두 눈에서 눈물이 쏟아졌다.

"흑!"

— 누나, 왜 그래요? 무슨 일이에요?

"아니야. 그냥 네 목소리 들으니 안심이 돼서 나도 모르게 눈물이 나네."

— 음… 누나, 내가 못나서 정말 죄송해요.

"아니야. 그런 것 아냐."

이번 스캔들 때문에 그런지, 수현이 자신에게 죄송하다고 사과를 해오자 최유진은 얼른 그런 것이 아니라는 말을 하였다.

정말로 최유진은 이번 일에 관해 수현을 원망한 적은 한 번도 없었다.

그저 어린 수현이 나이도 많은 자신 때문에 피해를 보는 것은 아닌가 걱정이 될 뿐이었다.

— 누나, 힘들면 언제라도 제게 연락하세요. 제가 누나의 든든한 보호자가 되어줄게요.

'어머.'

최유진은 수현의 보호자가 되어주겠다는 말에 순간 얼굴이 확 달아올랐다.

두근두근.

결혼 전 전남편에게서 들었던 말을 어려운 때 수현에게서 듣게 되자 순간 흔들린 것이다.

벌써 40대가 된 그녀지만 젊고 잘생긴 남자의 고백 아닌 고백에 심장이 두근거렸다.

"말이라도 고맙다."

방금 전 수현이 한 말에 두근거렸다는 것을 숨기려는 듯 최유진은 농담처럼 수현의 말을 받아넘겼다.

하지만 수현은 진심으로 그녀가 원한다면 책임지고 싶었다.

원래 어려서부터 흠모하던 최유진이다.

비록 나이 차이가 많이 나기는 하지만 좋아한다면 나이가 무슨 상관이란 말인가? 이런 생각에 수현은 최유진만 좋다면 결혼을 할 생각도 있었다.

어찌 되었든 육체관계도 있었고, 그동안 그녀가 일정 거리를 두고 있었기에 다가가지 못한 것이지 정말로 현재 수현이 결혼을 한다면 가장 우선순위가 바로 최유진이었다.

그렇지만 나이 때문에, 그리고 아이 둘까지 딸린 것 때문에 자신을 거부하는 최유진의 바람대로 그저 친한 동생 정도로 있는 것이다.

"내 걱정하지 말고 너도 좀 자신을 챙겨. 오늘 뉴스 보니 너 막 지르더라. 기자들 조심해."

조금 전 수현의 든든한 말을 듣고 기분이 좋아졌는지 최유진의 목소리는 살짝 톤이 올라가 있었다.

*   *   *

"네, 알았어요. 그런데 조카들은 괜찮아요?"

수현은 최유진의 목소리에서 조금 기분이 좋아진 것을 느끼고는 그녀의 딸들에 대해 물었다.

어른들의 일로 혹시나 어린아이들이 다치지는 않을까 걱정이 된 것이다.

이런 사건이 터지면 기자들은 아이들의 정서는 생각지도 않고 그저 기삿거리를 위해 무분별하게 행동을 하고는 하였다.

가끔 그런 일로 국민들의 지탄을 받기도 하지만 조심하는 건 그때뿐이었다.

어차피 자신들은 기자로서 사명을 다하기 위해 그런 것이라는 자기 최면을 걸고 자신들의 행동에 면죄부를 주었다.

이러한 기자들의 행태를 알기에 수현은 걱정스러운 목소리로 아이들의 근황을 물은 것이다.

― 응, 아직까지는 회사에서 아이들 보호를 위해 경호원

을 붙여준 덕분인지 우려하는 사고는 일어나지 않았지만, 언제 그런 일이 벌어질지 모르니 조심해야지.

최유진도 딸들에 대한 걱정으로 다시 목소리가 잠겼다.

"아직은 여론이 그들의 의도대로 흐르는 것 같으니 좀 더 조심을 해야 하겠지만, 누나와 제가 범죄를 저지른 것도 아닌데 사람들이 너무한 것 같아요."

수현은 자신도 모르게 사람들이 자신들을 욕하는 것에 대한 불만이 나왔다. 그들 사이에 대해 아는 사람이 최유진의 매니저인 이소진뿐이라 속에 담아두고만 있다가 당사자인 유진과 얘기를 나누다 보니 저절로 튀어나오는 것이다.

— 어쩌겠니. 그게 이 나라 국민들이 연예인을 보는 수준인 것을.

수현이 무슨 뜻으로 그러한 말을 하는 것인지 알지만 최유진 그녀도 어쩔 도리가 없었다.

정말로 억울하기는 하지만 그게 국민들의 생각이고 뜻이다.

누군가에 의해 의도된 일이라 해도 국민들이 중심을 잘 잡고 있었다면 그들이 펴는 주장이 왜곡되었다는 것을 금세 깨달았을 것이다. 하지만 연예인이 사적으로 누군가를 만나는 것에 색안경을 쓰고 보는 편견에 휩싸여 있기에 기자들이 펴는 억지 논리도 통하는 것이다.

시간이 지나 자신들이 잘못했다는 것을 깨닫는다 해도 그

뿐이다.

　사람은 남들에게는 엄격한 잣대를 들이대지만 자신의 잘못에는 한없이 관대한 이중적인 자를 들이댄다.

　그런 관계로 뒤늦게 자신의 잘못을 알게 되더라도 사람들은 자신들이 잘못한 것이 아니라 여기며 또 다른 잘못을 한 희생양을 찾는다.

　더욱이 그때면 세상의 관심에서 벗어난 주제는 쉽게 잊혀지기에 그들의 잘못도 금방 잊혀진다.

　참으로 이상한 세상의 이상한 논리다.

　그렇지만 그것이 당연시되는 것이 현재 대한민국이기도 했다.

＊　　　　＊　　　　＊

　수현과 전화 통화를 마친 최유진은 마음이 어느 정도 안정이 되는 기분을 느꼈다.

　하지만 그것도 잠시, 또 다른 걱정이 몰려들었다.

　그간 20년 넘게 연예계에서 활동을 하였다.

　어려서부터 화려한 스타들의 모습에 연예인의 꿈을 꾸었다.

　그래서 중학생이 되자마자 부모님께 자신의 꿈을 이야기하고는 연예 기획사에 연습생으로 들어갔다.

당시 그녀가 들어간 기획사는 그리 큰 기획사는 아니었지만 그래도 업계에서는 믿을 만한 곳이라 그곳과 계약을 했다.

다행히 그녀는 연예인으로서 재능이 있어 기획사에서도 많은 지원을 해주었다.

3년의 연습생 기간을 거쳐 고등학생일 무렵, 또 다른 연습생들과 함께 아이돌 그룹으로 데뷔를 하였다.

하지만 작은 기획사라 그런지 반응은 신통치 않았다.

분명 노래도 좋고 안무도 그런대로 노래와 잘 맞아 대박은 아니더라도 중박 정도는 예상을 했었지만 결과는 좋지 못했다.

그 때문에 함께 데뷔했던 그룹의 멤버 중 리더 언니가 중간에 그룹에서 탈퇴를 하고 나갔다.

리더는 그 뒤로 큰 기획사에 들어가 몇 차례 TV에서 보이긴 했지만 금방 사라졌다.

그리고 리더의 탈퇴로 그룹은 더 어려워졌지만 회사는 그들을 놓지 않았다.

그렇게 힘든 시기가 지나고 미니 앨범 2집이 나가면서 드디어 대박을 쳤다.

고진감래라 했던가? 앨범 수록곡 중 한 곡이 당시 상황과 절묘하게 떨어져 인기를 얻으면서 소위 역주행이라는 말이 있듯 이전에 망했던 정규 1집이 재조명을 받고 순위 상승을 했던 것이다.

즉 정규 1집은 시대를 너무 앞서 가는 바람에 빛을 보지 못했을 뿐이지, 노래와 안무는 너무도 잘 나왔던 것이다.

그렇게 미니 앨범과 정규 1집이 역주행을 하면서 인기가 상승하면서 최유진은 새로운 기회를 맞았다.

드라마 카메오 출연이 그것이다.

너무도 간단한 장면에 아주 잠깐 카메오로 출연하는 것이 었지만 드라마의 흐름상 무척이나 중요한 장면이었다.

최유진은 자신이 노래뿐만 아니라 연기에도 소질이 있었다는 것을 그때 알게 되었다.

동양의 아름다움과 서양인의 섹시미까지 완벽하게 갖춘 최유진의 끼가 드라마를 통해 발산이 되면서 그녀는 아이돌이라는 출신의 한계를 벗어나며 일약 스타로 급부상했다.

이전까지만 해도 아이돌 출신이란 편견을 가지고 있던 사람들도 최유진이 출연한 드라마를 보면서 그녀의 팬이 되고 말았다.

아이돌 출신의 연기자가 아무리 연기를 잘해도 초기에는 발연기란 꼬리표가 붙는다.

분명 나쁘지 않은 연기임에도 불구하고 연기를 못한다 말을 하는 것이다. 원래 연기자 출신이 아니기에 연기를 볼 때 편견이 담기는 탓이었다.

그렇지만 최유진은 비록 짧은 카메오 출연이지만 완벽하

게 배역을 소화하면서 그런 사람들의 편견을 완벽하게 깨고 배우로서의 기량도 사람들에게 인식을 시켰다.

그 뒤로는 승승장구였다. 연습생 한 명 잘 키운 바람에 작은 규모의 연예 기획사였던 회사는 점점 몸집을 불리며 커졌다.

그리고 몇 년이 지나 킹덤 엔터테인먼트라는 이름을 대한민국에 알렸다.

작은 기획사가 인기 스타를 배출하면서 수익이 늘었다.

업무가 늘고, 스타를 꿈꾸는 꿈나무들이 이전과는 다르게 우르르 몰려들었다.

그들을 체계적으로 가르치고 또 관리를 하려다 보니 매니저와 직원을 더욱 늘려야 했다.

이때 쉽게 회사 직원을 늘리는 방법은 경영이 어려워 문을 닫기 일보 직전에 있는 기획사를 인수하는 것이다.

그런 기획사를 인수하게 되면 경력직 직원을 구하는 것이니 시행착오를 겪을 일이 없게 되어 좋은 일이었다.

최유진은 그렇게 회사를 살찌우는 캐시 카우가 되어 한국은 물론이고 일본과 중국, 그리고 동남아로 폭넓게 활동을 하며 인기와 돈을 벌었다.

그때의 공로로 최유진은 명예 이사가 되고, 또 자신이 벌어들인 돈으로 회사에 직접 투자를 하면서 주주의 위치까지 오르게 되었다.

그렇게 오랜 기간 연예 활동을 하고 또 회사에 투자를 하면서 자신이 하고자 하는 일에 좀 더 힘을 실어 지금의 위치에 올랐다.

그러는 과정에서 처음 함께 데뷔를 했던 동료들은 하나둘 최유진의 곁에서 떠나갔다.

결혼을 하거나, 최유진의 인기를 질투하여 또는 나이를 먹고 다른 일을 하고 싶어서 연예계를 떠나는 등 이유는 제각각이었으나 한결같이 그녀의 곁을 떠났다.

동고동락을 하던 친한 친구들의 떠남에 외로움을 느낄 때 그녀는 전남편을 만났다.

한참 잘나갈 때였지만 최유진은 그와 교제를 하고 또 결혼을 하였다.

사실 주변에서는 그녀의 결혼을 말렸다.

그도 그럴 것이, 한창 주가가 오르는 그녀였고, 또 전남편인 성정국의 평판이 그리 좋은 편이 아니었기 때문이다.

겉으로는 잘나가는 축구 선수였지만 주변에 여자 문제로 잡음이 많았다.

하지만 이미 외로움과 사랑에 콩깍지가 씐 최유진은 주변의 만류에도 불구하고 결혼을 강행했다.

그렇게 결혼을 하고 결실을 맺어 행복한 가정을 이루는 줄로만 알았다.

그렇지만 그것은 최유진 혼자만의 착각이란 것이 뒤늦게

드러났다.

성정국에게 결혼 전에 여자가 있었다는 것은 이해할 수 있다.

누가 보더라도 잘나가는 축구 선수였으니 여자가 있는 것은 어쩌면 당연하다 할 수도 있다.

하지만 결혼을 한 뒤에도 관계를 계속 유지했다는 것은 문제가 많았다.

그것은 배우자를 속이는 기만행위이고 범죄다.

비록 간통죄가 사라졌다고 하지만 결혼 서약에서 한 신뢰의 의무를 저버린 사기인 것이다.

그런데 웃긴 것은, 대한민국은 사기의 피해자인 여성이 오히려 지탄을 받는 요상한 나라다.

바람을 피운 배우자가 바람을 피울 여지를 주었기 때문이란 요상한 잣대를 들이대는 것이다.

수현과의 통화를 끊고 이런저런 생각을 하던 최유진은 어느 순간부터는 연예계에서 자신이 겪었던 일들이 아닌 전남편과의 일에 대해 깊이 빠져들었다.

그러다 보니 심한 갈증이 느껴졌다.

옛 생각을 떠올리다 보니 시간도 어느새 자정을 넘기고 있었다.

"하……!"

순간 저도 모르게 한숨이 새어 나왔다.

최유진은 멍하니 거실 창밖으로 보이는 밤하늘을 쳐다보았다.

매연으로 인해 서울에서는 밤하늘의 별이 잘 보이지 않는다.

그래도 그녀의 집은 서울 외각이라 오염이 덜 되어 그런지 서울의 다른 지역보단 별을 볼 기회가 많았다.

밤하늘의 별이 반짝이는 것을 본 최유진은 저도 모르게 별을 향해 손을 뻗어보았다.

하지만 하늘에 떠 있는 별은 인간이 만질 수도 없는 엄청나게 먼 거리에 떨어져 있었다.

"으음."

원래 불가능하다는 것을 알면서도 그녀는 손에 닿지 않는 별이 안타까운 것인지 신음을 흘렸다.

마치 그것이 자신이 꿈꾸는 희망과도 같은 것이라 느끼는 것인지, 아니면 지금 자신이 겪고 있는 현실을 받아들이기 어려워 그러는 것인지는 오직 그녀만이 알 일이다.

＊　　　＊　　　＊

따르릉. 따르릉.

고요한 방 안에 요란하게 전화벨 소리가 울렸다.

"으으, 누가 이 시간에 전화를 하는 것이지?"

잠을 자던 수현은 전화벨 소리에 잠이 깼다.

'어? 유진 누나가. 무슨 일이지?'

늦은 시각, 무엇 때문에 최유진이 전화를 한 것인지 이해가 가지 않았다.

아까 전 통화할 때만 해도 괜찮았는데, 이 시간에 전화를 걸어온 것이 의아했다.

"여보세요."

금방 잠에서 깼지만 누나가 미안해할까 봐 수현은 목소리를 가다듬고 말을 하였다.

하지만 휴대폰 너머에서는 아무런 소리도 들리지 않았다.

그 때문에 혹시나 전화가 끊긴 것은 아닌가 한번 확인을 해봤지만 끊어진 것은 아니었다.

"여보세요. 누나, 유진 누나, 무슨 일 있는 것 아니에요?"

아무런 소리도 들리지 않아 걱정이 된 수현이 물었다.

하지만 여전히 휴대폰 너머에서는 아무런 소리도 들리지 않았다.

불길한 예감에 수현은 얼른 침대에서 일어나 간단하게 옷을 챙겨 입었다.

"누나, 누나."

옷을 입으면서도 수현은 계속해서 최유진에게 말을 걸었다.

— 수현아.

한참 만에 최유진의 목소리가 들렸다.

하지만 그녀의 목소리는 무언가 많이 어눌하게 들렸다.

"누나, 술 마셨어요?"

술에 취해 혀가 꼬인 듯한 최유진의 목소리에 수현은 그녀가 술을 마신 것인지 확인했다.

— 응. 그동안 내가 살아왔던 것들을 생각하다 보니 울적해서 한잔 마셨어.

'헉! 예감이 안 좋다.'

"뭐가 그리 우리 누나를 기분이 울적하게 만들었을까요?"

수현은 최대한 그녀를 안정시켜야 할 것 같다는 생각에 그녀의 기분을 맞춰주며 질문을 하였다.

최유진의 매니저인 이소진으로부터 최유진이 우울증 치료를 받고 있다는 것은 진즉부터 듣고 알고 있었다.

상담과 약물치료로 작년부터 많이 호전되었는데, 이번 스캔들로 다시 증상이 깊어진 것 같다는 이야기도 들었다.

그도 그럴 것이, 정상적인 상황에서도 여론이 좋지 못해 악성 댓글이 올라오면 스트레스가 장난이 아닌데, 그녀는 오죽할까? 수현은 최유진의 상태가 좋지 못한 것을 깨닫고 얼른 숙소를 나와 지하 주차장으로 향했다.

그러면서도 혹시나 전화가 끊겨 그녀가 잘못된 선택을 할지도 모른다는 생각에 계속해서 최유진과 통화를 하였다.

부우웅.

＊　　　＊　　　＊

"문득 술 마시다 보니 네 생각이 나서 전화를 해봤어."

최유진은 휴대폰을 들지 않은 다른 한 손으로 반쯤 담긴 와인 잔을 들고 그것을 입에 가져다 대며 말했다.

술을 얼마나 마신 것인지 주변에 빈 술병이 몇 개가 뒹굴고 있었다.

"수현아."

— 네.

"나 정도면 참 잘 살아온 것 아니니?"

— 그럼요. 누나는 연예인으로서, 또 엄마로서도 누구보다 완벽한 모습이에요.

"풋, 그건 아니다."

최유진은 수현의 칭찬에 순간 헛웃음이 나 웃고는 아니란 말을 하였다.

그도 그럴 것이, 좋은 엄마였다면 아이들에게서 아빠를 뺏어가는 일은 없었어야 했다.

물론 그건 최유진 그녀의 잘못은 아니지만 어찌 되었든 현재 자신의 딸들에게는 아빠가 없었다.

아빠가 죽어서 이 세상에 없는 것은 아니지만 없는 것이
나 마찬가지다.

딸들이 아빠를 보지 못한 것은 벌써 2년째에 접어든다.

재작년 이혼을 하고 몇 달은 그래도 전남편이 아이들을
가끔 보러 오기는 했었다.

하지만 어느 순간 아이들을 만나러 오는 간격이 길어지더
니 재작년 크리스마스 즈음부터 아이들을 보러 오지 않았
다.

전남편인 성정국을 생각하니 또다시 갈증이 나 그녀는 술
을 한 잔 마셨다.

"크으."

갈증을 해소하기 위해 술을 마셨지만 그 술은 그녀의 목
을 타고 내려가기 무섭게 더욱 갈증을 유발했다.

— 누나, 무슨 일이에요?

"으음, 아니야. 술 마시고 있다. 올래?"

최유진은 술에 취하자 급격한 외로움에 빠져들었다.

그래서 수현에게 '올래?' 하고 물었다.

— 알겠어요. 잠시만 기다리세요.

자신의 부름에 금방 오겠다는 대답을 하는 수현의 말에
최유진은 순간 자신도 모르게 눈에 눈물이 흘렀다.

주르륵.

스윽.

두 눈에 흐르는 눈물을 한 손으로 닦고 말을 하였다.

"아니야, 내가 괜한 소리를 했나 보다. 요즘 분위기도 좋지 않고, 또 너 내일, 아니, 자정을 넘겼으니 오늘이구나. 조금 뒤면 스케줄 있을 건데 그냥 흘려들어."

최유진은 수현이 자신의 요구에 바로 그러겠다는 대답을 하는 말에 감동을 받았으면서도 또 한편으로는 현재 자신과 엮인 스캔들로 그가 곤욕을 치르고 있는 것이 생각나 온다는 것을 말렸다.

"늦은 시간에 내가 괜한 일로 전화해 네 잠을 깨웠나 보다. 미안해."

그녀는 혼자 이런저런 생각을 하며 술을 먹다 보니 문득 수현이 생각나 그에게 전화를 걸었다.

지금 시각이 너무 늦어 수현이 잠들었을지도 모른다는 생각도 없었다.

그만큼 최유진은 현재 술에 많이 취해 있었다. 제대로 이성적인 판단을 할 수 없을 만큼.

*   *   *

최유진과 통화가 길어질수록 수현은 처음 그녀의 목소리에서 느꼈던 불안함이 자신이 잘못 느낀 것이 아니란 확신을 가지게 되었다.

그래서 액셀을 밟은 오른발에 힘을 주어 더욱 속도를 냈다.

부우우웅.

"그렇지 않아도 조금 고민이 있어 어떻게 말을 할까 망설이고 있었는데, 조금만 기다려요. 제가 집으로 갈게요."

점점 통화 시간이 길어지자 슬슬 이야깃거리도 떨어져 가고, 휴대폰 너머 최유진 또한 통화를 끝내려는 듯한 느낌에 수현은 이유를 만들어내며 집으로 가겠다고 다시 한번 최유진을 설득했다.

— 아니야. 너 아침에 스케줄 있잖아. 그냥 스케줄 끝나고 보자.

수현은 그녀의 말에서 왠지 조금 전과는 다르게 그녀가 자신의 방문을 꺼리는 듯한 느낌을 받았다.

이대로는 안 되겠다는 생각에 수현은 통화가 끊어지기가 무섭게 최유진의 매니저인 이소진에게 전화를 걸었다.

따르릉. 따르릉.

잠을 자고 있는지 신호음은 가지만 전화를 받지 않는다.

그렇지만 수현은 안 좋은 예감에 포기하지 않고 계속해서 그녀가 받을 때까지 전화를 걸었다.

그렇게 10여 번을 반복한 끝에 드디어 전화가 연결이 되었다.

— 여, 여보세요.

잠을 자다 깬 것이 분명한 잠긴 목소리가 휴대폰 너머로 들렸다.

"누나, 저 수현이에요."

수현은 아직 잠이 덜 깬 이소진을 위해 전화를 건 사람이 자신임을 밝혔다.

— 어, 그래. 수현아. 이 늦은 시간에 무슨 일이야.

전화를 건 사람이 자신임을 알게 된 이소진이 어느 정도 정신을 차린 목소리로 용건을 물어오자, 수현은 바로 조금 전 최유진과 전화 통화했던 것을 이야기하며 그녀를 좀 살펴봐 달라고 부탁했다.

"조금 전 유진 누나랑 통화를 했는데, 느낌이 이상해요. 혹시 같이 계시면 유진 누나 좀 살펴봐 주세요. 저 지금 유진 누나 집으로 가는 중이에요."

— 뭐? 알았어!

수화기 너머로 이소진의 다급한 목소리가 들렸다.

탁.

이소진과 통화를 마친 수현은 긴장한 표정으로 더욱 액셀을 밟았다.

부우우우웅.

Chapter 5

최유진의 은퇴

늦은 시각 압구정 아파트 단지 출입구가 보이는 도로변, 소형 SUV 한 대가 주차되어 있다.

그 안에는 두 명의 사내가 타고 있었는데, 언뜻 봐도 누군가를 감시하는 듯 잠복하는 모습이다.

그런데 잠복을 하고 있는 이들은 형사는 아닌 듯 그들이 타고 있는 SUV 문 옆에는 흐릿하게 [취재 중]이란 문구가 인쇄되어 있었다.

"선배. 선배."

한 사내가 갑자기 옆자리에 누워 있는 사내의 어깨를 흔들며 소리쳤다.

"으음, 뭐, 뭐야. 무슨 일인데 깨우는 것이야."

보조석의 의자를 뒤로 젖히고 누워 잠을 청하던 사내가 잠을 방해하는 후배에게 짜증을 내며 물었다.

"불 들어왔습니다."

"뭐? 무슨 불?"

"아, 그러니까 로열 가드가 묵는 숙소에 불이 켜졌다고요."

"뭐!"

잠시 교대를 하고 쪽잠을 자던 조지훈은 후배의 말에도 정신을 차리지 못하다 자신들이 감시하는 수현이 속한 아이돌 그룹의 숙소에 불이 켜졌다는 소리에 번쩍 정신이 들었다.

"지금 몇 시지?"

조지훈은 지금 시각이 얼마나 되었는지 물었다.

"10분 전 한 시요."

'한 시?'

조지훈은 후배의 대답에 작게 시간을 중얼거리다 잠이 확 깼다.

10분 전 한 시라는 말에 조지훈은 순간적으로 무엇인가 뇌리를 스치고 지나가는 예감을 받았다.

"시동 걸어."

"네?"

"시동 걸라고!"

"아, 예."

조지훈과 함께 잠복을 하고 있던 이기정은 그의 지시대로 SUV에 시동을 걸었다.

부르릉.

"어?"

SUV에 시동을 걸고 얼마 기다리지 않아 아파트 단지에서 나오는 차량 한 대가 있었다.

"쫓아."

"네!"

부우우웅.

단지 내에서 나온 차량은 바로 이들이 감시하고 있는 수현의 스포츠카였다.

하지만 아파트 단지를 빠져나온 스포츠카는 점점 속도를 내며 이들과 멀어지고 있었다.

"으음, 놓치겠는데요."

이기정은 운전을 하면서 점점 멀어지는 스포츠카를 보고 외쳤다.

"안 되겠다. 내비에 최유진의 집 찍어라."

조지훈은 눈앞에서 멀어지고 있는 수현의 차를 보며 고민을 하다 목적지를 최유진의 집으로 잡았다.

"그래도 되겠습니까? 그러다 다른 곳으로 새면……."

이기정은 조심스럽게 물었다.

혹시나 수현의 목적지가 최유진의 집이 아니면 자신들은 괜히 헛물만 켜게 된다.

하지만 조지훈은 수현의 목적지가 최유진의 집이라고 확신을 하였다.

자정이 넘은 늦은 시각 잠자리에 들었던 정수현이 이 시각에 일어나 본인의 차를 끌고 갈 곳이라곤 그곳 말고는 생각나지 않았기 때문이다.

1년 반을 따라다녔다. 그 때문에 수현의 행동 패턴을 잘 알고 있는 조지훈이었다.

다른 아이돌들은 인기를 얻으면 그것을 마치 벼슬처럼 즐기려 하였다.

그리고 그들이 즐기는 것은 뻔했다.

평소에는 하지 못할 일탈을 꿈꾸며 평범한 사람들이 상상하는 이상의 난잡한 파티를 즐겼다.

그 때문에 그런 스타들의 약점을 잡아 돈을 벌어온 것이 바로 조지훈과 디스택트와 같은 가십 기사를 쓰는 연예부 기자들이다.

최유진의 뒤를 캐다 그 집에서 나오는 수현을 본 뒤로 조지훈은 아직 덜 여문, 아이돌 스타들과 같은 빈틈이 있을 것이라 예상하며 타깃을 최유진에서 정수현으로 바꿨다.

그렇지만 조지훈의 예상과 다르게 정수현은 최유진보다

더 답답한 삶을 살고 있었다.

최유진이야 20여 년에 이르는 연예계 생활로 산전수전 다 겪어 약점을 잡히지 않기 위해 최대한 조심을 하는 것이라면, 수현은 이제 겨우 데뷔 3년차에 들어가면서도 전혀 흐트러진 모습을 보이지 않았다.

활동 기간에는 스케줄 외에는 전혀 외부 활동을 하지 않았다.

개인적으로 친한 연예인들과 스케줄을 마치고 어울릴 법도 하지만 수현은 그렇지 않았다.

비활동 기간에도 수현은 숙소와 회사, 또는 부모님 집 등 알려져 봐야 전혀 이슈가 되지 않는 그런 장소만 갔다.

개인적인 일정이 있을 때면 어떤 곳이든 매니저와 동행을 하였다.

그렇지 않을 때면 만나는 상대편에서 매니저를 대동하고 있었기에 전혀 스캔들이 일어날 여지가 없었다.

그러다 보니 1년 반 동안 수현의 뒤를 쫓았음에도 조지훈은 이렇다 할 스캔들이 의심될 만한 증거를 찾지 못했다.

그나마 찾아낸 것이라고는 매니저와 조금 떨어졌을 때, 의심을 줄 만한 사진 몇 장을 찍었을 뿐이다.

분명 그의 촉에는 최유진과 정수현 간에 뭔가 있는데, 그것을 증명할 무언가를 잡을 수가 없었다.

그래서 억지로 논란을 만든 것이다.

사실 처음 기사를 냈을 때는 이 정도까지 분위기가 자신들에게 유리하게 흐를지는 생각지 못했다.

그저 그동안 조사를 하며 버린 시간과 돈이 억울해 자신들의 생각대로 움직이지 않는 최유진과 정수현, 그리고 킹덤 엔터에 어디 너네도 힘들어보라는 심정으로 똥 덩어리를 던진 것뿐이다.

그런데 생각지도 못하게 자신들이 가볍게 던진 미끼에 다른 언론사들이 모여들며 일을 키웠다.

그 뒤로는 처음 기사를 낸 자신들도 흐름을 조절할 수 없을 정도로 커져 버렸다.

더욱이 킹덤 엔터에서도 이제는 끝까지 가자는 듯 고소장을 제출하였다.

그 때문에 처음 기사를 낸 디스팩트로서도 기사를 내리는 정도로 끝을 낼 수도 없게 되었다.

이제는 킹덤 엔터가 죽든 자신들이 죽든 사생결단을 내야 할 처지에 놓인 것이다.

그래서 조지훈은 어떻게 하든 최유진과 정수현 두 사람을 엮어야만 했다.

만약 두 사람의 스캔들 증거를 찾지 못하면 지금까지 벌어진 일들의 책임을 자신들이 물어야 하기 때문이다.

'무슨 일인지는 모르겠지만 무언가 우리가 모르는 일이 벌어진 것이 분명해.'

조지훈은 수현이 이 늦은 시각 홀로 움직이는 것이 자신들에게 기회가 될 것이란 예감이 들었다.

＊　　　＊　　　＊

　띠리릭. 띠띠.

　덜컹.

　최유진의 집에 도착한 수현은 초인종을 누르는 대신 비밀번호를 누르고 안으로 들어갔다.

　다른 때 같았으면 초인종을 누르고 최유진이 문을 열어줄 때까지 기다렸겠지만, 조금 전 그녀와 통화를 하면서 느꼈던 불길한 느낌 때문에 조급증이 일어 곧바로 비밀번호를 눌러 버린 것이다.

　"누나!"

　집으로 들어가자마자 수현은 큰 소리로 최유진을 찾았다.

　"쉿. 조용히 해."

　수현이 집 안으로 들어와 고함을 지르자 이소진이 어느 틈엔가 나와 수현을 진정시켰다.

　"어? 소진 누나. 유진 누나는?"

　이소진을 보자 수현은 조금 안심이 되었지만 일단 궁금하던 최유진의 상태가 어떠한지부터 물었다.

　"방금 전에 잠들었다."

"아."

수현은 방금 전 최유진이 잠들었다는 이소진의 대답에 마음이 놓여 다리가 풀려서는 제자리에 주저앉으며 안도의 한숨을 쉬었다.

"별일 없던 거죠?"

그녀의 신변에 별다른 이상이 없는 듯했으나 확인차 물었다.

하지만 굳어지는 이소진의 표정에 수현의 표정도 살짝 불안해졌다.

"왜요? 무슨 일 있는 거예요?"

조심스럽게 물어오는 수현의 질문에 이소진은 나지막하게 대답을 들려주었다.

"네 전화 받고 깨지 않았다면 큰일 치를 뻔했다."

이소진의 말에 수현은 눈을 동그랗게 뜨며 물었다.

"네? 그게 무슨 소리예요?"

"하아."

수현의 거듭된 질문에 이소진은 한숨을 쉬며 30분 전 일을 떠올렸다.

*　　　*　　　*

수현과 최유진은 디스팩트에 의해 스캔들이 터졌다.

스캔라이드

연전의 인기만은 못해도 아직도 아시아 각국에서는 최유진 하면 최고의 한류 스타로 통하고, 또 정수현 또한 데뷔 3년차 아이돌 그룹의 리더라고 하기에는 엄청난 인기를 끌고 있는 최고의 스타다.

그런 이 둘의 스캔들에 사람들이 관심을 보이는 것은 이 두 사람의 많은 나이 차이 때문이다.

더군다나 최유진은 한 번 결혼을 했었고, 또 아이까지 둘이나 있었다.

그에 반해 정수현은 현재 인기 상승 중인 20대의 남자 아이돌 그룹의 리더였다.

그러니 국내는 물론이고 외국에까지 두 사람의 스캔들 기사는 호외로 실시간으로 퍼지고 있었다.

그런데 설상가상 두 사람만 엮인 스캔들이 아닌 또 다른 여성이 엮인 삼각 스캔들인 것이다.

그 상대도 일본에서 유명한 배우였기에 이슈는 한국을 넘어 일본에까지 퍼진 상태다.

그 때문에 최유진과 정수현, 정수현과 마리아 료코, 마리아 료코와 최유진 등을 엮어 팩트가 아닌 소설에 가까운 이야기가 마치 진실인 것처럼 포장이 되어 퍼지고 있었다.

이런 소문 때문에 더욱 팬들은 최유진과 정수현을 상대로 진실을 알고 싶다는 청원을 하고 있다.

하지만 그들이 요구하는 진실이란 말 그대로 진실이 아니라 자신들이 듣고 싶은, 믿고 싶은 이야기일 뿐이다.

그 때문에 우울증 치료를 받고 있던 최유진의 상태가 다시 악화되고 있어 이소진은 자신의 집을 놔두고 최유진의 집에서 함께 동거를 하고 있었다.

오늘도 늦게까지 그녀를 케어하다 뒤늦게 잠이 든 이소진은 갑자기 울린 전화벨 소리에 놀라 도중에 깼다.

"여, 여보세요."

전화를 받으면서 이소진은 전화를 건 상대의 정체를 파악하기 위해 액정을 보았다.

— 누나, 저 수현이에요.

하지만 전화 건 상대의 정체를 알아보기도 전에 전화 건 상대가 먼저 자신의 정체를 밝혔다.

"어, 그래. 수현아. 이 늦은 시간에 무슨 일이야."

늦은 시각 수현이 자신에게 전화를 건 것에 의아한 생각이 들기는 했지만 소진은 별다른 생각 없이 용건을 물었다.

하지만 수현에게서 들려온 이야기는 결코 가볍지 않은 이야기였다.

— 조금 전 유진 누나랑 통화를 했는데, 느낌이 이상해요. 혹시 같이 계시면 유진 누나 좀 살펴봐 주세요. 저 지금 유진 누나 집으로 가는 중이에요.

"뭐? 알았어!"

— 네. 저 조금 있으면 도착하니까 누나가 먼저 유진 누

나 좀 살펴주세요.

탁.

전화를 끊은 이소진은 얼른 자리에서 일어나 방 밖으로 나갔다.

"언니."

자신의 방을 나온 이소진이 막 거실로 접어들었을 때, 그녀의 두 눈에 들어온 것은 과도를 들고 있는 최유진의 모습이었다.

그런데 과도를 들고 있는 최유진의 모습은 절대로 과일을 깎는 모습이 아니었다.

자신의 왼손 손목에 과도를 가져가고 있는 최유진의 모습에 이소진은 자신도 모르게 소리를 질렀다.

"왜 이래, 언니! 왜 이러는 건데!"

최유진의 곁으로 다가와 칼을 들고 있는 그녀의 오른손을 붙잡은 이소진은 그녀의 손에서 과도를 뺏었다.

"소진아."

위험한 과도를 최유진의 손에서 뺏으려고 기를 쓰는 소진의 귀에 너무도 힘이 없는, 마치 넋이 나간 사람이 부르는 듯한 아주 작고 희미한 최유진의 목소리가 들렸다.

"언니, 일단 이것 좀 놔. 어서."

이소진은 마치 어린아이를 달래듯 최유진을 달래며 그녀의 손에서 과도를 넘겨받기 위해 애를 썼다.

탁.

그녀의 이야기가 통했는지 최유진은 들고 있던 과도를 바닥에 떨어드렸다.

"아! 내가 지금 뭘 하고 있던 것이지?"

조금 전 이소진을 부를 때와는 확연히 다른 목소리였다.

"언니, 이제 좀 정신이 들어? 언니, 왜 이래? 흑흑."

이소진은 방금 전 넋 나간 표정과는 또 다른, 자신이 떨어뜨린 과도를 보며 당황하는 최유진의 모습에 그만 눈물을 흘렸다.

"미안. 나 미쳤나 봐."

최유진은 자신이 놓친 과도를 물끄러미 쳐다보다 울고 있는 이소진을 보며 사과를 하였다.

"언니, 일단 오늘 너무 힘든 것 같으니까 들어가서 자. 일단 자고, 내일 날 밝으면 이야기하자."

이대로는 안 되겠는지 이소진은 일단 최유진을 재우기로 하고 그녀에게 날이 밝으면 이야기하자고 의견을 냈다.

"으응, 그렇게 하자."

자신 때문에 힘들어하는 이소진의 모습에 최유진도 고집 피우지 않고 그대로 안방으로 들어갔다.

하지만 이소진은 조금 전 과도로 자신의 손목에 자해를 하려던 최유진의 모습을 보았기에 그녀만 안방에 혼자 두지 않고 그녀가 잠들 때까지 함께 있었다.

스타일라이트

　　　　*　　　　*　　　　*

짹짹. 짹짹.

밤새 이런저런 고민으로 수현은 한숨도 자지 못했다.

하지만 그런 수현의 걱정과는 아무런 상관도 없이 아침은
찾아왔다.

'벌써 아침이네.'

덜컹.

아침이 되어 밖으로 나온 이소진은 아직도 거실 소파에
앉아 있는 수현의 모습에 순간 흠칫 놀랐다.

"설마 너 한숨도 안 잔 거야?"

"깼어요? 좀 더 자지 뭐 하러 나오셨어요?"

어제 새벽에 최유진 때문에 잠을 설쳤으니 더 자라는 수
현의 말에 이소진은 씁쓸하게 미소를 지어 보이며 말을 하
였다.

"아니야. 언니가 저런데 내가 어떻게 편하게 잠을 잘 수
있겠니?"

자신을 걱정하는 수현의 말에 이소진은 속으로 고소를 지
었다.

자신이야 최유진의 담당 매니저이니 그런다 치더라도 수
현은 연예인이다.

오늘도 스케줄이 있는 것으로 알고 있는데, 나와서 보니 수현은 어제 한숨도 잠을 자지 못한 것처럼 보였다.

"나야 언니를 보면서 쉰다고 하지만 넌…… 어떻게 하려고 그러니."

"제 걱정은 하지 마세요. 저야 남자 아닙니까. 전 아무래도 상관이 없지만 지금은 유진 누나가 제일 걱정이에요. 아무래도 사장님께 이야기를 해야 하지 않겠어요?"

수현은 어제 비록 사전에 막기는 했지만 최유진이 자살을 기도했다는 사실에 주목하며 이야기를 꺼냈다.

"음, 아무래도 그래야겠지?"

"네. 제 생각에도 사장님은 알고 계셔야 할 것 같아요. 그리고……."

잠시 말을 하다 말고 뭔가 생각을 정리하는 듯 미간을 찌푸린 수현의 모습에 이소진도 조용히 그가 생각을 정리하고 말할 때까지 기다렸다.

"말로만 그칠 것이 아니라, 이번 기회에 확실하게 매듭을 짓고 가는 것이 좋겠어요."

"매듭을 짓고 가자고? 어떻게?"

이소진은 고개를 갸웃거리며 수현에게 무슨 말인지 되물었다.

"제가 연예인 생활을 오래한 것은 아니지만, 그리고 앞으로 얼마나 더 연예인으로서 생활을 할지는 모르겠지만, 오

스타라이트

랜 시간 연예인을 하다 보면 이와 비슷한 일을 또다시 겪지 않을 것이라 장담할 수 없겠더라고요."

"그렇지."

수현의 말에 이소진도 고개를 끄덕이며 긍정의 답을 하였다.

"연예인의 스캔들이 터지고 나서 관련 연예인이나 그 소속사들의 반응을 보면 솔직히 답답한 것이 한두 번이 아니에요."

"응? 무슨……."

이소진은 수현이 하는 이야기에 무슨 뜻인가 싶어 조금씩 고개를 갸웃거렸다.

"일부 연예인들은 본인들이 마치 공인인 것처럼 표현을 하며, 논란을 잠재우기 위해선지 하지도 않은 잘못을 사과하며 고개를 숙이고, 또 소속 기획사에서는 궁지에 몰린 소속 연예인을 보호해야 할 의무가 있음에도 불구하고 모든 책임을 연예인에게 떠넘기는 행태를 보였고요."

수현은 처음 최유진의 경호원이 되기 전에 접한 스캔들 기사와 그에 대한 연예인들의 대응, 그리고 그 연예인이 소속된 연예 기획사의 대응을 봤을 때는 별 느낌이 없었다. 그리고 연예계에 들어와 가까이에서 접한 스타와 관련된 루머들을 보면서는 답답함을 느꼈다.

하지만 그뿐이었다. 자신과 직접적으로 연관된 일이 아니었기에 그런 것을 보면서 왜 저런 식으로 대응을 하는지 알수가 없었지만 딱 거기까지였다.

그런데 자신이 그런 일을 직접 겪으니 더 이상 참고 기다릴 수만은 없다는 생각이 들었다.

처음 자신의 스캔들 기사가 터졌을 때만 해도 이렇게까지 논란이 될 거라고는 예상하지 못했다.

그동안 회사에서 연예인들을 잘 케어하는 것을 보면서 이번에도 잘 처리해 줄 것이라 생각했다.

그렇지만 킹덤 엔터도 스캔들에 관한 대응은 여느 기획사와 대동소이했다.

다만, 소속 연예인들을 좀 더 생각을 한 대응이라는 것이 그나마 수현이 참고 기다려 줄 수 있는 수준이었다.

그런데 최유진이 어젯밤 자살을 기도했다는 이야기를 이소진으로부터 전해 듣고 생각이 바뀌었다.

이전에는 그저 회사가 잘 처리해 주겠지 하며 소극적으로 이번 일에 대응을 했다면, 이제는 그렇게 하지 않을 생각이다.

우선 자신의 생각을 회사에 밝히고 본격적으로 행동에 나서겠다는 방침을 정하고 이를 이소진에게 전하였다.

"지금까지는 참았지만 더 이상 안 되겠어요."

"어떻게 하려고?"

이소진은 수현의 굳은 표정에 불안한 눈으로 그를 쳐다보며 물었다.

"다른 사람들의 스캔들 기사에는 그냥 그러려니 하고 넘어갔지만, 제가 직접 그런 일을 당하니 가만히 있을 수가 없네요. 전 참을 수 있지만 제 가까운 사람들이 힘들어하고 다치는 것은 더 이상 참을 수가 없어요."

수현은 어젯밤 최유진의 일을 전해 듣고 가슴속에서 치미는 분노를 참을 길이 없었다.

"너까지 왜 이래?"

"누나, 생각해 보세요. 지금 벌어지고 있는 일이 이성적으로 판단해 정상적이라 생각하세요?"

"음."

이소진은 수현의 질문에 바로 대답을 할 수가 없었다.

분명 지금 벌어지고 있는 일은 절대로 정상적이라 말할 수 있는 일이 아니기 때문이다.

그렇지만 대한민국에는 정서법이라는 이상한 논리가 작용을 하기에 이소진도 쉽게 대답을 할 수 없었다.

아무리 진실은 그게 아니어도 국민의 다수가 그렇다고 하면 그건 그런 것이다.

콩으로 메주를 쓰는 것이 맞는 말이지만, 국민들 대다수가 팥으로 메주를 쓴다고 대답을 한다면 그게 맞는 말이란 것이다.

참으로 웃긴 일이 아닐 수 없다.

그렇지만 수현은 틀린 것은 틀린 것이고 아닌 것은 아닌 것이었다.

자신이나 최유진, 그리고 또 다른 스캔들의 주인공인 마리아 료코를 두고 다른 사람들이 뭐라 왈가왈부할 일이 아니란 소리다.

연예인도 국민의 한 사람으로서 사생활의 보호를 받을 권리가 있다.

하지만 지금 어떤가? 국민의 알 권리라는 이상한 권리를 내세우면서 연예인을 마치 공공의 이익을 위해 노력하는 공인으로 만들어놓고는 요상한 잣대를 들이민다.

정작 진짜 공인인 국회의원과 공무원, 그리고 사회 지도층에게는 그들이 잘못을 저질러도 모두 눈을 감으면서 말이다.

그래서 수현은 이번에 아예 이 일을 계기로 끝장 토론을 해볼 요량이다.

그리고 이미 이런 생각을 가지고 사전에 밑밥을 깔았다.

솔직히 수현이 스캔들이 터져 팬들의 지탄을 받으면서도 꿋꿋하게 방송 활동을 하고, 또 그 중간 자신의 심경과 소신을 말한 것도 이런 일의 일환이었다.

다만, 지금까지는 그 세기가 그리 강하지 않았을 뿐이다.

하지만 자신의 가까운 사람들이 이렇게 힘들어하는 것을 목격한 이상 전처럼 그저 국민들이, 그리고 팬들이 이성을 되찾고 돌아오길 소극적으로 기다리지 않겠다는 것이다.

현재는 자신의 일보다 최유진의 일이 우선이었다.

"누나, 사장님께 여기로 와달라고 해주세요."

원칙적으로 수현의 말은 말도 되지 않는 소리였다.

아무리 호인이라지만 일개 연예인이 소속사 사장을 오라 가라 한다니.

그렇지만 수현의 스캔들과 관련된 일이고, 또 회사 대주주 중에 한 명인 최유진이 연관된 일이고, 또 하마터면 최유진에게 큰 비극이 벌어질 뻔했다.

치유가 되던 우울증이 이번 일로 더욱 심각해져 자살까지 시도하려 했다.

일찍 발견하지 못했다면 어찌 되었을지, 보지 않아도 뻔했다.

그러니 킹덤 엔터의 이재명 사장이 빨리 와서 대책을 세워야 했다.

*   *   *

덜컹.

문이 열리고 이재명 사장이 들어왔다.

거실에는 이소진뿐만이 아니라 수현과 최유진도 함께 앉아 있었다.

"이야기 들었다. 지금은 어떠냐?"

이재명 사장은 안으로 들어오면서 최유진의 모습이 보이자 가장 먼저 그렇게 질문을 하였다.

"괜찮아요. 어제는 제가 너무 분위기에 취했나 봐요. 술도 좀 마셔서……."

"그래, 될 수 있으면 당분간 혼자 있지 말고, 누군가와 함께 있어라."

최유진의 초췌한 모습을 본 이재명 사장은 침중한 표정으로 말을 하였다.

아침에 출근하려고 준비하던 중 이재명 사장은 최유진의 매니저인 이소진의 전화를 받고 얼마나 놀랐는지 모른다.

자신이 거느린 연예인 중 마음고생으로 자살을 시도하려던 이가 나왔다는 것, 그것도 다른 사람도 아닌 평소 그 누구보다 강인한 정신력을 가진 한류 스타 최유진이 그랬다는 것을 도저히 믿을 수가 없었다.

연예인이라면, 톱스타라면 누구나 대중에 대한 두려움을 가지고 있다.

이는 인기로 먹고사는 연예인의 숙명과도 같은 일이다.

하지만 그동안 최유진은 전혀 그런 모습을 보이지 않았다.

이혼의 충격으로 흔들리고 우울증에 걸렸다고는 하지만, 정신과 상담과 카운슬링으로 극복하는 중이었다.

그런데 겨우 스캔들이 터진 것으로 그런 극단적인 선택을 할 줄 이재명은 상상도 하지 못했다.

평소 최유진은 자살하는 이들은 연예인으로서 자질이 부족한 이라고 주장하던 사람이었다.

그만큼 연예인이란 직업이 정신적으로 스트레스를 많이 받는 직업이기에 이를 잘 컨트롤하고 극복할 줄 알아야 한다는 소리다.

그런 주장을 하던 최유진이기에 이재명 사장은 처음 이소진에게 그런 이야기를 전달받았을 때는 나쁜 농담을 하는 줄 알았다.

하지만 거듭된 이야기에 이재명도 그 이야기가 농담이 아닌 사실이란 것을 뒤늦게 깨달았다.

그리고 그런 최유진이 걱정되어 부랴부랴 최유진의 집으로 달려온 것이다.

괜찮다고 말을 하는 최유진이지만 이재명의 눈에는 절대로 괜찮은 모습이 아니었다.

걱정이 한가득 밀려왔으나 한 회사의 대표로서 우선적으로 상황을 정리해야 될 필요를 느꼈다.

"여기는 내가 있을 테니, 수현이 너는 스케줄 가라."

"사장님."

이재명 사장의 스케줄 가라는 말에 수현은 굳은 표정으로 그를 불렀다.

"아무 소리 하지 말고, 지금은 내 말대로 가. 가서 네 할 일 해. 네 심정 모르는 것은 아니지만, 너 하나로 로열 가드 남은 멤버들이 피해를 볼 수도 있다. 그러니 내가 하라는 대로 스케줄부터 다 소화하고 와. 그때는 아무 말 않을 테니."

수현의 반발에도 이재명 사장은 무척이나 담담한 목소리로 지시를 내렸다.

그런 이재명 사장의 지시가 마음에 들진 않았지만 로열 가드의 동생들을 언급한 그의 말에 수현은 수긍을 할 수밖에 없었다.

"알겠습니다."

수현은 애써 들끓는 자신의 마음을 진정시키며 대답을 하였다.

그런 수현의 모습에 이재명도 더 이상 다른 말을 하지 않았다.

"전 부장이 곧 올 것이니 함께 가라."

"네."

수현과 이야기를 끝낸 이재명은 아무런 말 없이 최유진을 지그시 쳐다보았다.

그러면서 많은 생각이 그의 뇌리를 스쳐 지나갔다.

솔직히 작은 연예 기획사였던 킹덤 엔터가 지금의 킹덤 엔터가 된 것은 전적으로 최유진의 역할이 지대했다.

스타라이트

작은 기획사로서 그저 대한민국 평균 정도의 인지도를 가진 연예인들을 소수 데리고 있던, 아주 작다고도 할 수 없지만 안정적인 수입원은 없는 그런 기획사였다.

그대로 있다가는 언제 망할지 모른다는 두려움에 마지막 여력을 짜내 만든 것이 최유진이 포함된 여자 아이돌 그룹이었다.

당시는 아이돌을 내놓기만 하면 성공할 수 있을 정도로 아이돌 전성시대였다.

다만, 다른 기획사들도 비슷한 생각을 했는지, 우후죽순처럼 마구잡이로 아이돌을 쏟아냈다.

참으로 가는 날이 장날이라고, 여력을 짜내 데뷔시킨 아이돌 그룹이 쏟아지는 비슷한 컨셉의 다른 기획사 아이돌들과 섞이면서 묻혀 버렸다.

분명 컨셉도 팬들이 좋아할 만한 상큼하고 귀여운 여동생 컨셉이었고, 노래와 안무도 쌈빡하게 뽑았다.

그럼에도 뜨지를 못했다. 나중에서야 그것은 모두 자신이 사장으로 있는 기획사의 뒷받침이 부족한 때문이었다는 것을 깨달았다.

아이돌 그룹이 뜨기 위해선 맞춤형 컨셉과 좋은 노래와 안무는 기본 요소일 뿐이었던 것이다.

거기에 막대한 자본으로 뜰 때까지 홍보와 지원을 해야만 쏟아지는 아이돌 시장에서 살아남을 수 있었다.

하지만 다행스럽게도 뒤늦게나마 노래가 알려지면서 대박을 터뜨렸다.

중간에 멤버 탈퇴와 같은 악재도 있기는 했지만, 어떤가? 성공을 했는데.

물론 그 뒤로도 고생이 없던 것은 아니다.

그래도 한 번 팬들에게 인정받은 뒤로 최유진이 속한 그룹은 승승장구를 하였다.

거기에 최유진은 노래와 춤뿐만 아니라 연기도 잘했다.

첫 출연한 드라마에서 주인공에 버금가는 연기력으로 PD와 스텝들에게 인정을 받았다.

얼굴 예쁘고 노래와 춤도 잘 추면서 연기도 잘하는 팔방미인 최유진의 진가가 그렇게 방송가는 물론이고 팬들에게까지 알려지게 되면서 덩달아 회사도 커졌다.

계약 기간이 끝나 재계약 시즌이 돌아오자 다른 멤버들은 자신들의 인기에 취해 더 많은 돈을 요구하며 재계약을 거절하고 더 큰 기획사로 옮겼다.

하지만 최유진만은 끝까지 자신들을 믿어주고, 정규 앨범이 망했는데도 불구하고 다시 한번 도전해 보자며 미니 앨범을 제작해 그룹이 성공할 시간을 벌어준 회사와 이재명 사장에게 고마움을 느끼며 선뜻 재계약을 했다.

그 뒤로도 재계약 기간이 되면 최유진은 별다른 이의 제기를 하지 않고 재계약을 맺었다.

물론 그녀의 인지도가 올라가면서 계약금과 대우 또한 바뀌었지만, 이재명은 잘 알고 있다.

최유진이 마음만 먹었다면 그보다 더 많은 계약금과 정산 비율을 받을 수도 있었다는 사실을 말이다.

더욱이 최유진은 킹덤 엔터가 덩치를 키우기 위해 무리하게 주식 증자를 할 때, 회사에 투자를 하여 주주가 되었다.

보통 회사 내 최유진 정도의 스타를 보유하기 위해선 스타가 떠나지 못하도록 일정 주식을 주어 소속감을 높인다.

하지만 최유진은 회사가 그런 대우를 해주기도 전에 먼저 회사에 투자를 하여 주주가 되었다.

그 때문에 톱스타 최유진이 주주가 되었다는 뉴스가 터져 이재명 사장과 이사들이 준비한 주식 증자는 성공적으로 이루어졌다.

그런 은혜로 인해 킹덤 엔터는 지금의 대한민국에서 손에 꼽는 대형 기획사가 되었다.

그런데 킹덤 엔터를 키운 일등 공신인 최유진이 지금 이재명의 눈앞에서 지금까지 한 번도 보지 못했던 약한 모습, 미래가 보이지 않는 말기 암 환자와 같은 모습을 하고 있다.

그런 최유진의 모습을 보는 이재명은 가슴이 무척이나 아팠다.

잠시 뒤 로열 가드의 총괄 매니저인 전창걸이 최유진의 집으로 찾아왔다.

스케줄이 있는 수현이 로열 가드의 숙소가 아닌 최유진의 집에 있기 때문에 다른 사람이 아닌 그가 직접 달려온 것이다.

"누나, 스케줄 끝나면 올 테니 저녁에 다시 이야기해요."

이재명 사장이나 매니저인 이소진이 있다고는 하지만 수현은 최유진의 집을 나서기가 두려웠다.

괜히 자신이 없을 때 뭔가 일이 생길 것만 같은 예감 때문이다.

"아니야. 괜히 나 때문에 너까지 고생할 필요 없어."

"누나, 그렇게 말하면 나 섭섭해."

수현은 최유진이 건넨 말에 섭섭함을 담아 이야기하였다.

"그런 뜻으로 말을 한 것은 아닌데. 정말로 너 볼 면목이 없다."

"무슨 또…… . 모든 것이 다 내가 부주의해서 벌어진 일인데, 누나가 뭐가 미안하고 면목이 없어. 정작 미안한 건 난데."

두 사람이 서로를 생각하며 서로에 대해 미안해할 때, 이를 지켜보던 전창걸이 나서서 수현을 불렀다.

"언제까지 그러고 있을 거야. 시간 없다."

괜히 시간을 지체했다가는 또 어떤 놈들이 냄새를 맡고 엄한 글을 쓸지 몰라 얼른 수현을 재촉하는 것이다.

"괜히 여기서 지체를 하다 그놈들에게 들키기라도 하면 이젠 변명도 통하지 않는다. 어서 가자."

전창걸은 현재 수현과 최유진이 엮인 삼각 스캔들 때문에 골치가 아팠다.

자신이 매니저로 있는 수현이나 킹덤 엔터의 간판스타인 최유진, 거기에 일본의 유명 여배우인 마리아 료코가 연관 된 삼각 스캔들은 정말이지 전창걸의 지금까지 10여 년간 이어진 매니저 생활을 통틀어도 없을 만큼 엄청난 규모의 스캔들이었다.

로열 가드의 리더 수현과 아시아의 여왕 최유진만 연관된 스캔들이라 해도 엄청난 파장을 일으킬 것인데, 거기에 미 모의 외국 여배우까지 껴 있으니 어쩌면 당연한 일이었다.

그 때문에 전창걸은 어떻게 손을 써야 할지 감당이 되지 않아 로열 가드 프로젝트를 담당하고 있는 김재원 전무에게 문의까지 한 상태다.

하지만 김재원 전무도 뾰족한 답이 없었다.

그도 그럴 것이, 이번 스캔들의 충격이 여느 톱스타들의 스캔들과는 파장이 달랐기 때문이다.

어딘지 너무 작위적인 느낌마저 있어 누군가 야료를 부리고 있는 것이 분명했다.

그러니 이번 스캔들을 뒤에서 부채질하고 있는 존재를 찾는 것이 우선이었다.

처음 스캔들 기사를 터뜨린 곳이 디스팩트이기는 했지만, 그들의 능력으로는 이 정도까지 일을 키울 역량이 되지 않기 때문이다.

그 때문에 킹덤 엔터에서도 어떻게 손을 쓰지 못하고 추이를 지켜보고 있는 중이다.

"어서 가봐."

"네. 일단 가볼게요."

그렇게 수현은 떨어지지 않는 발걸음을 돌려 전창걸과 함께 최유진의 집을 나섰다.

*   *   *

"조금 전 들어간 것이 킹덤의 이재명 사장이지?"

"네. 맞아요. 분명 이재명 사장이었습니다."

조지훈은 최유진의 집 현관이 보이는 곳에서 망원렌즈가 달린 카메라로 최유진의 집을 감시하고 있었다.

그런데 아침 일찍 누군가 최유진의 집을 방문하는 것이 아닌가? 그래서 방문자의 정체를 확인하고자 후배인 이기정에게 물었는데, 그 또한 킹덤 엔터의 이재명 사장이 맞다 확인을 해주었다.

"지금 저 안에서 무슨 일이 벌어지고 있는 것이지?"

조지훈은 짙은 암막 커튼이 쳐진 최유진의 집 창문을 보며 나지막하게 중얼거렸다.

분명 안에서 벌어지는 일을 알아낼 수만 있다면 특종을 잡을 수 있을 것도 같은데, 도저히 근처로 갈 수가 없었다.

그도 그럴 것이, 이재명 사장이 데려온 경호원들이 최유진의 집 주변을 철통같이 경계하고 있었기 때문이다.

이재명 사장은 이소진의 전화를 받자마자 회사로 전화를 걸어 경호원을 불러들여서는 최유진의 집에 배치를 시켰다.

그 때문에 조지훈은 최유진의 집 가까이 접근을 하지 못하고 있었다.

*   *   *

"사장님."

최유진은 수현이 나가는 것을 확인하고 나지막하게 이재명을 불렀다.

"응? 내게 무슨 할 말이라도 있니?"

자극하지 않기 위해 아주 부드러운 목소리로 최유진에게 말을 하는 이재명이다.

"제가 처음 사장님을 본 것이 중학교 1학년 여름 방학 때

였죠?"

뜬금없는 최유진의 말에 이재명은 순간 당황했다.

"헐, 우리가 함께하기 시작한 것이 그렇게 오래전인가?"

밑도 끝도 없는 최유진의 말이었지만 그 말을 들으니 이재명도 최유진이 처음 연예인이 되겠다고 찾아왔던 때가 생각이 났다.

"그러고 보니 참 세월이 많이 흘렀구나."

"네. 그때는 진짜 주변에서 뭐라고 하던 앞만 보고 꼭 성공을 해서 유명한 스타가 되겠다고 억척같이 노력을 했었는데."

느닷없는 최유진의 추억 들추기에 이유도 모른 채 이재명도 그에 동화되어 추억에 잠겼다.

"그래, 그랬었지."

"네. 데뷔 때 낸 싱글 앨범은 타이밍이 맞지 않아 망하고, 극고의 노력을 기울여 만든 정규 1집도 대형 기획사들의 농간에 휩쓸려 묻혔었죠."

"맞아. 썩을 놈들."

이재명은 그때 최유진이 속한 아이돌 그룹이 데뷔 1년도 되지 않아 좌초될 위기에 처하자 참으로 난감했다.

회사의 유일한 아이돌 그룹이고 회사의 역량을 총동원해 데뷔를 시켰는데, 다른 대형 기획사의 농간으로 피어보지도 못하고 사장이 될 뻔했었다.

하지만 명곡은 어느 때고 통한다고 했던가? 다른 간부들의 반대에도 불구하고 이재명은 어차피 이 그룹이 망하면 회사 문을 닫아야 한다는 생각에 마지막이라는 생각으로 미니 앨범을 냈다.

그런데 겨우 천만 원도 되지 않는 적은 돈으로 겨우 만들어 내놓은 미니 앨범이 일명 대박을 터뜨렸다.

뿐만 아니라 망했던 정규 1집도 뒤늦게 터지면서 가요 차트 역주행을 하기 시작했다.

"참 우여곡절도 많았지. 그렇지?"

이재명은 옛 생각이 떠올라 최유진을 보며 물었다.

그런 이재명의 물음에 최유진도 눈을 감으며 옛 기억을 떠올렸다.

이재명 사장과 최유진의 대화에 이소진은 슬그머니 자리를 피했다.

어차피 자신은 들어봐야 모르는 이야기였다.

그러니 추억을 공유하는 두 사람을 위해 자리를 피해준 것이다.

핑계 김에 자신도 좀 쉬고 말이다.

이소진이 자리를 뜬 것도 모르고 최유진과 이재명 두 사람은 옛 추억을 떠올렸다.

그렇게 한참 추억을 이야기하던 최유진은 이재명 사장을 주시하며 목에 힘을 주어 이야기하였다.

"저 정말 열심히 일했죠?"

"으응, 그래. 열심히 일했지. 네가 아니었다면 회사가 이렇게 크지 못했을 것이다."

이재명은 최유진의 말에 고개를 끄덕이며 대답을 하였다.

그러자 최유진은 조금 전까지 추억에 잠겼던 표정이 아닌, 아무런 감정이 없는 무생물과 같은 표정으로 입을 열었다.

"저 그만 쉴게요."

"응? 그래, 잠시 쉬는 것도 지금 상태에서는 좋을 것 같다."

이재명은 아무런 생각 없이 가볍게 최유진의 말에 대답하였다. 잠시 쉬면서 충전하면 최유진이 본래의 모습으로 돌아올 거다 싶어서였다.

하지만 뒤이어지는 최유진의 말에 자신이 생각하는 그런 것이 아니란 것을 깨달았다.

"아니, 그런 뜻이 아니라, 저 그만 은퇴하려고요."

"뭐?!"

갑작스러운 최유진의 은퇴 선언에 깜짝 놀란 이재명은 자신도 모르게 고함을 지르고 말았다.

"무, 무슨 일이에요?"

이재명과 최유진을 거실에 남겨두고 주방 쪽으로 빠져 있던 이소진은 갑자기 거실에서 큰 소리가 들리자 무슨 일이 벌어진 줄 알고 뛰어왔다.

"유진아, 갑자기 그게 무슨 소리냐? 은퇴라니?"

"언니, 그게 무슨 말이에요. 은퇴를 한다니요?"

이소진도 놀라기는 마찬가지였다.

느닷없는 은퇴 선언에 이소진은 자신이 들은 말을 곧이곧대로 믿기가 어려웠다. 그래서 자신의 귀를 의심하며 최유진에게 제대로 들은 게 맞는지 확인하기 바빴다.

"소진아, 놀랐지? 네겐 너무도 미안하다."

최유진은 그동안 자신의 전담 매니저를 하면서 고생해 온 이소진을 보기가 너무도 미안했다.

더욱이 오늘 새벽에는 감정이 격해 자살을 하려던 자신의 추태를 막아내기까지 하지 않았던가. 평소 자살하는 연예인에 관한 뉴스가 나오면 혀를 차며 질타를 했는데, 어처구니없게도 자신이 그런 짓을 벌였다.

물론 사전에 발견돼 미수에 그치고 말았지만 지금 생각하니 그런 자신의 행동이 너무도 부끄러웠다.

또한 자신이 죽으면 남겨질 어린 두 딸을 생각하니 자살을 하려던 자신이 한없이 부끄럽고 또 딸들에게 미안했다.

"지금 상태로는 도저히 야생의 정글과도 같은 연예계에 살아갈 자신이 없어요."

현재 벌어지고 있는 상황이나 주변 여건들이 최유진이 버티기에는 너무도 힘이 들었다.

그나마 옆에 자신을 이해해 주는 이소진과 복잡한 감정을 느끼게 하지만 또 한편으로는 든든한 동생이고 남자인 수현이 있었기에 힘든 속에서도 버텨낼 수 있었다.

하지만 자신의 욕심 때문에 그들이 힘들어하는 것을 더 이상 두고 볼 수가 없었다.

자신만 사라지면 다 잘될 것만 같은 생각에 새벽에 그런 극단적인 선택을 했었다.

나중에 정신을 차리고서야 그 모든 것이 오히려 그들을 더욱 슬프게 하고 또 더 힘들게 할 것이란 것을 깨닫고 다른 결심을 하게 된 것이다.

물론 또 다른 이유는, 너무도 힘들어서 이제는 모든 것을 내려놓고 쉬고 싶다는 마음이 들었기 때문이다.

연예인으로서 톱스타로서 팬들의 기대를 채워주기 위해 뒤도 돌아보지도 않고 그동안 달려왔는데, 정작 돌아온 것이 질타라는 것이 힘들었다.

그렇게 연예계 활동을 하면서 놓쳤던 것들을 뒤늦게 깨닫고 이제는 다른 것에서 행복을 찾고 싶어지기도 했다.

그래서 사장인 이재명에게, 자신을 누구보다 잘 알고 있는 그에게 은퇴에 관해 이야기를 꺼낸 것이다.

"그렇게 힘들었니?"

이재명 사장은 최유진이 거듭 은퇴를 하겠다고 이야기하자 힘겹게 물었다.

"네. 그동안 제가 무엇 때문에 그렇게 열심히 활동을 했는지 모르겠어요. 저 정말 사장님께서 말씀해 주신 것처럼 열심히 일을 했는데요."

주르륵.

최유진은 말하다 말고 갑자기 눈물을 흘렸다.

덥썩.

"그동안 그렇게 힘들었으면 진작 얘기를 하지그랬어."

멍하니 아무런 표정도 없이 이야기하던 최유진이 눈물을 흘리자 이재명은 손을 잡아주며 위로를 건넸다. 그동안 열심히 활동을 하기에 그녀가 얼마나 힘들어했는지 몰랐다.

실은 그동안에도 그녀가 많이 힘들었음을 이제 뒤늦게 깨닫고 나니 더욱 크게 미안한 마음이 밀려왔다.

"그래, 네 마음대로 해라. 하지만 회사에 있는 네 직함은 그대로 둘 테니, 마음이 진정되면 돌아와라."

"아니에요."

"아니, 내 말대로 해. 나도 은퇴한다는 네 부탁을 들어줄 테니, 너도 내 부탁 한 가지는 들어주라."

이재명은 은퇴를 하는 최유진과 한 가닥 인연을 남기고 싶은 마음에 나중에 모든 고민이 해결되면 다시 돌아오라는 말을 하였다.

물론 그것이 연예계에서 은퇴한 것을 번복하라는 말은 아니었다.

"은퇴를 번복하라는 말은 아니니 안심해라. 넌 킹덤 엔터 소속 연예인이기도 하지만, 또 한편으로는 킹덤 엔터의 제3대 주주이면서 또 복지 지원부 이사 아니냐."

이재명은 최유진이 가진 킹덤 엔터 내 직함을 술술 풀며 그녀에게 이야기하였다.

그런 이재명의 말이 통했는지 최유진도 더 이상 고집을 피우지 않고 고개를 끄덕였다.

"알겠어요. 마음이 진정되면 다시 돌아올게요."

"그래. 그럼 우선은 은퇴라는 말보단 우울증 치료를 위해 활동을 중단한다고만 발표를 하자."

"……?"

은퇴가 아닌 활동 중단이라는 말에 최유진이 고개를 갸웃거렸다.

"네가 은퇴한다고 발표를 해버리면, 음…… 수현이가 크게 동요를 할 것만 같더구나."

최유진의 배에 가까운 연예계 생활을 했던 이재명이다.

그동안 보아온 수현은 만약 최유진이 이번 일로 연예계 은퇴를 한다고 하면, 분명 따라서 은퇴를 하겠다고 할 것이다.

옆에서 지켜본 최유진과 정수현은 서로를 생각하는 것을 보면 무척이나 잘 어울렸다.

나이 차이만 없다면, 아니, 두 사람의 나이가 반대로만 되었더라면 크게 문제가 되지 않았을 것이고, 이재명도 두 사람의 의향을 물어 서로만 좋다면 환영을 하고 축하 메시지를 보냈을 것이다.

하지만 대한민국 사회에서는 그런 것이 용납이 되지 않는다.

무엇이 문제가 있을까마는, 요상하게 남녀의 나이가 역전이 되면 색안경을 끼고 보는 경향이 있었다.

남자가 나이가 많은데 젊은 여자랑 연애를 하면 별다르게 보지 않고 남자를 도둑놈이라 욕을 하면서도 한편으론 젊은 마누라, 애인을 둔 것을 부러워한다.

하지만 반대로 여자가 나이가 많고 어린 남자와 연애를 한다거나 결혼을 한다고 발표하면 겉으로는 여자가 능력이 좋나 보다 말을 하면서도 뒤로는 손가락질하면서 욕을 한다.

그것이 너무도 자연스러운 사회 통념이기에 지금 정수현과 최유진, 그리고 일본의 여배우가 낀 삼각 스캔들은 시간이 흘렀음에도 잠잠해지기는 고사하고 더욱 크게 번지고 있었다.

얼마나 대한민국이 잘못 돌아가고 있는지 알려주는 일면이었다.

Chapter 6

불안

밝은 조명 아래 거울 앞에 앉은 로열 가드의 멤버들이 차례로 메이크업을 받고 있었다.

이들이 있는 곳은 문화 TV의 음악 프로그램인 뮤직 센터다.

정규 2집을 발표하고 활동을 한 지 한 달이 조금 더 지난 지금, 앞으로 한 달하고 보름 정도만 더 활동을 하면 활동을 중단하고 휴식기에 들어간다.

원래 로열 가드의 정규 2집은 올봄쯤에 낼 생각이었는데, 수현이 KTV에서 야심차게 준비한 드라마 전쟁의 신 아레스에 주연으로 발탁이 되면서 킹덤 엔터에서는 로열 가드의 정규 2집 활동을 전면 변경해 컴백 시기를 늦췄다.

그도 그럴 것이, 달랑 한 편의 드라마에 조연으로 출연했던 수현이 단편도 아니고 24부작이나 되는 미니시리즈에 바로 주연으로 발탁이 된 것이다.

비록 3인 주연 시스템이라고는 하지만, 그래도 연기는 단 한 편만 했던 신인에게 주연의 자리가 주어졌다는 것은 그 의미가 무척이나 컸다.

그 때문에 킹덤 엔터에서도 회사의 로비로 수현이 주연을 꿰찼다는 말을 듣지 않게 하기 위해 수현이 리더로 있는 로열 가드의 컴백을 늦춘 것이다.

아이돌 가수로서 연기와 노래를 병행하게 되면 어느 곳에도 집중을 하지 못할 수도 있기 때문이다.

살짝만 실수를 해도 악성 댓글이 무더기로 쏟아질 것은 보지 않아도 뻔했다.

더욱이 수현이 출연하는 전쟁의 신 아레스의 다른 주연들은 이미 드라마와 스크린에서 연기력을 인정받은 대스타들이었다.

비록 수현이 아이돌 가수로서, 또 연기를 하면서 많은 인기를 얻었다고는 하지만 그들과는 그동안 가져온 내공이 달랐다.

그러니 킹덤 엔터에서도 이를 신경 쓰지 않을 수 없었다.

그러다 보니 자연 가수로서의 활동보단 연기자로서의 활

동에 집중할 수 있게 편의를 봐준 것이다.

물론 이런 결정 때문에 로열 가드의 컴백이 늦어지면서 다른 멤버들이 약간 손해를 보기는 했지만, 다른 멤버들도 이해를 했다.

컴백만 늦어진 것이지 킹덤 엔터에서 다른 멤버들에게 신경을 쓰지 않은 것은 아니기 때문이다.

그런데 호사다마라고 했던가? 드라마가 끝나면서 드디어 컴백하고 활동을 이어가는데, 느닷없는 스캔들 기사가 터진 것이다.

하지만 킹덤 엔터에서는 수현의 스캔들 기사에도 불구하고 로열 가드의 컴백과 활동을 감행하였다.

수현이 주연으로 들어간 드라마 전쟁의 신 아레스 때문에 컴백이 3개월여가 늦어졌는데, 또다시 늦출 수는 없었기 때문이다.

더욱이 스캔들이라고 하는 것이 신빙성이 없는 거짓이었기에 킹덤 엔터에서는 이를 가볍게 생각하고 로열 가드의 컴백을 감행한 것이다.

하지만 수현에 대한 스캔들은 이들의 생각과 다른 방향으로 흘렀다.

킹덤 엔터나 로열 가드는 언제나 그렇듯 팩트 없는 가십은 금방 사람들의 관심에서 멀어지고 다른 가십에 묻힐 것이라 생각했다.

그렇지만 이번 수현의 스캔들은 그런 일반적인 흐름이 아닌 마치 누군가 루머에 기름을 부은 듯 더욱 커져만 갔다.

어떻게 보면 별거 아닌 그저 연예계에 흔한 남녀 스타의 스캔들일 뿐이었다.

하지만 소문은 꺼지지 않았고, 무슨 중세 암흑기의 종교 재판을 하는 것마냥 분위기가 이상하게 흘러갔다.

그 때문에 처음 디스팩트가 기사를 냈던 시기에서 한 달이 넘게 흘렀는데도 수현과 최유진의 스캔들은 사라지지 않았다. 게다가 여기저기서 진실을 밝히라는 목소리까지 들려오고 있었다.

그런데 웃긴 것은 아무리 수현과 킹덤 엔터에서 질문에 답을 해도, 정작 진실을 밝히라고 요구한 자들은 제대로 듣지 않고 계속 자신들이 원하는 답을 하길 요구하고 있었다.

그래서 대기실 거울 앞에 앉아 메이크업을 받는 중에도 수현은 이 문제를 어떻게 해결해야 좋은 결과를 낼 것인지 고민을 하고 있었다.

그때 정수가 요란하게 대기실로 들어왔다.

"형, 형. 유진 누나 은퇴한대요!"

로열 가드의 멤버인 박정수는 밖에서 무슨 말을 듣고 온 것인지 흥분을 하며 소리쳤다.

"뭐?! 정말?!"

수현이 반응하기도 전에 대기실에서 메이크업을 먼저 받

고 쉬고 있던 멤버들이 놀라 소리쳤다.

"그게 무슨 소리야?"

더는 차분하게 메이크업을 받고 있을 수가 없었다.

수현은 메이크업을 받다 말고 손을 들어 중단한 뒤 박정수를 돌아보며 물었다.

"형도 모르고 있었던 것이에요?"

박정수는 눈을 동그랗게 뜨며 물었지만, 수현은 그 질문에 대답을 하지 않고 재차 물었다.

"무슨 소리냐니까?"

수현의 목소리 톤이 조금 더 올라가자 박정수는 긴장을 하며 대답하였다.

"지금 유진 누나 은퇴 기자회견 뉴스가 나오고 있어요."

"뭐?"

틱.

박정수의 말이 끝나기 무섭게 수현은 대기실에 있는 TV 리모컨을 들어 채널을 뉴스가 나오는 채널로 바꿨다.

TV 화면에 비친 것은 로열 가드가 소속된 킹덤 엔터의 현관이었다.

그 앞에 마이크와 단상이 마련된 것이 보였다.

하지만 수현의 눈에는 그런 것은 전혀 들어오지 않았다.

그의 눈에 들어오는 것은 메이크업으로 창백하고 지친 모습을 간신히 가리고 단상에 서 있는 최유진뿐이었다.

수현이 최유진의 초췌한 모습에 안타까워할 때, 그녀가 기자들 앞에서 자신의 은퇴를 선언하였다.

— 안녕하십니까? 배우 최유진입니다. 제가 이 자리에 나온 것은, 일단 불미스러운 스캔들 기사로 팬들에게 심려를 끼쳐서 죄송하다는 말을 드리고 싶어서입니다.

말을 하면서도 얼마나 고통스러운지 최유진의 입술이 바르르 떨리고 있는 게 TV 화면을 통해서도 수현에게 전해졌다.

으드득.

자신도 모르게 최유진의 고통을 느끼며 수현은 어금니에 힘이 들어갔다.

아무런 잘못도 없는 멤버들 앞에서 화를 낼 수는 없어 애써 참으려 하니 그럴 수밖에 없었다.

* * *

"전남편의 오랜 외도를 알게 되었고, 이혼을 한 뒤 그 고통을 잊기 위해 일에 몰두했었습니다."

최유진은 애써 담담한 모습을 보이며 마치 책을 읽어가듯 기자들 앞에서 이야기를 하였다.

찰칵. 찰칵.

그런 최유진의 모습을 카메라를 들고 있는 기자들은 계속해서 찍었다.

"뒤늦게 제 상태가 정상이 아님을 알게 되신 킹덤 엔터의 이재명 사장님의 권유로 작년 초부터 정신과 전문의와의 상담과 약물치료를 병행하며 우울증 치료를 하고 있었습니다."

여배우로서는 치명적일 수도 있는 자신의 병력을 최유진은 기자들 앞에서 서슴없이 발표하였다.

그 때문인지 기자들도 놀라 잠시 술렁였다.

하지만 최유진은 그런 것에 개의치 않고 계속해서 자신이 할 말을 이어갔다.

"제 치료에 도움을 주기 위해 회사는 물론이고 매니저인 이소진 과장, 그리고 친한 동생과도 같은 로열 가드의 수현이 많은 도움을 주었습니다."

최유진은 스캔들 기사 속에서 스캔들의 증거로 제시된 수현이 자신의 집에서 나온 사진에 대한 이야기를 언급했다.

수현이 자신의 집을 드나들게 된 이유가 자신의 우울증 치료에 도움을 주기 위해서란 근거를 제시하는 것이다.

"저를 상담해 주시던 전문의께서 말씀하시길, 우울증이란 병은 우리가 알고 있는 것보다 무척이나 무서운 병이라고 하더군요."

자신이 겪은 우울증이란 병에 관한 이야기를 털어놓는 최유진의 모습은 스타로서, 그리고 배우로서 자신의 위치를 내려놓은 듯 초연했다.

하지만 일부 기자들은 그 모습도 색안경을 쓰고 보는지 냉소적인 모습을 하고 있었다.

"여기 이것이 저를 상담해 주신 전문의의 소견서입니다."

급기야 최유진은 자신을 치료했던 전문의의 소견서까지 들어 보였다.

어차피 은퇴를 결심한 지금 그녀는 꺼릴 것이 없었다.

남들이 어떻게 생각을 하던 모든 것을 내려놓은 지금에는 아무런 감흥도 없는 것이다.

그렇게 그녀의 담담한 발표가 이어지자 기자들은 뭔가 이상한 낌새를 느꼈다. 최유진의 기자회견 발표는 처음 소식을 접했을 때 생각했던 것과 방향이 전혀 달랐던 것이다.

"처음 저와 정수현 씨의 스캔들 기사를 쓴 디스팩트의 기사 내용을 보고 솔직히 어처구니가 없었습니다."

마치 한 달 전의 기사 내용을 회상하는 듯한 표정을 짓는 최유진의 모습을 보며 기자들은 순간 긴장하였다.

한동안 말을 않고 주변에 있는 기자들을 둘러보던 최유진은 살짝 입꼬리를 비틀었다.

"분명 기사라고 올라와 있는데, 기사는 없고 무슨 3류 성인 소설을 보는 것 같더군요."

너무도 싸늘한 '너희도 그놈들과 똑같은 놈들이다' 라는 듯한 시선에 기자들의 시선이 살짝 흔들렸다.

"으음."

"음."

양심이 찔린 몇몇 기자는 자신도 모르게 답답한 신음성을 흘렸다.

"기자라면, 기자로서 최소한의 소양이 있는 기자라면, 그리고 언론사라면 자신의 기사에 책임을 져야 하는 것 아닌가요? 기사를 어떻게 설사병 환자가 아무 곳에나 X을 싸지르듯 지르고 보는 것인지."

기자회견을 하던 최유진은 말을 하다 보니 감정이 격해진 나머지 여배우로서 평소에 쓰지 않던 비속어를 써가며 윽박질렀다.

그런 최유진의 모습에 순간 당황한 이재명이 곁에서 그녀를 진정시켰다.

"유진아."

하지만 이미 은퇴를 결심한 최유진은 거리낄 것이 없었다.

아니, 은퇴 발표를 하는 지금에서야 그동안 연예부 기자들에게 당했던 것을 되갚음 하듯 공격적으로 나갔다.

"사장님, 어때요? 어차피 전 오늘 이 시간 이후부턴 더이상 연예인이 아닌 평범한 일반인으로 돌아갈 건데."

자신은 '이제 연예인이 아니다'라는 최유진의 말에 기자들 속에서 다시 한 번 소란이 일었다.

웅성. 웅성.

최유진이 은퇴 기자회견을 한다고 했을 때, 기자들은 기삿거리가 생겼다는 생각으로만 모여들었다.

나이 어린 아이돌과 스캔들이 터지자 견디지 못하고 연예계를 떠난다고 단순하게 생각을 했는데, 막상 기자회견장에 나와서 보니 그것이 아니었다.

기자회견 내내 자신들을 향해 독설에 가까운 말을 쏟아내며 은퇴 이야기를 하는 그녀를 보며 그동안 최유진이 얼마나 독을 품고 있었는지를 깨닫게 되었다.

그러면서 장내에 모인 기자들 속에서 변화가 생겼다.

최유진이 퍼붓는 독설에 인상을 찡그리며 불편한 내색을 표하는 이들이 있는가 하면, 그동안 특종을 찍겠다는 욕심에 눈이 어두워 벌였던 부끄러운 일들이 떠올라 얼굴을 붉히며 고개를 떨구는 이들이 있었다.

그렇지만 최유진의 말에 부끄러워하는 기자들보단 그녀의 말에 거부반응을 일으키며 흥분하는 이들이 더 많았다.

"은퇴한다고 너무 막말을 하시는 것 아닙니까?"

기자들 중 한 명이 최유진의 말에 반발하듯 소리쳤다.

기자 무리 속에서 튀어나온 말이라 누가 한 말인지 특정할 수는 없지만 소리가 들린 방향은 알 수 있었다.

최유진은 기다렸다는 듯 그쪽을 향해 차가운 눈빛을 보내며 입을 열었다.

"무엇이 막말이라는 것이죠? 제가 지금 틀린 말을 했던가요?"

그녀의 입에서 나온 말은 무척이나 부드러운 억양이었지만 무표정에 싸늘한 눈빛과 어우러지니 보는 것만으로도 온몸을 얼려 버릴 것만 같은 무시무시한 모습이었다.

마치 설녀 전설의 주인공인 얼음 여왕을 보는 것만 같았다.

보는 것만으로도 모든 사물을 얼려 버릴 것만 같은 그런 최유진의 모습에 항의를 하던 기자도, 이를 지켜보던 사람들도 숨이 멎는 듯한 느낌에 한동안 아무것도 하지 못했다.

"기자라면 본디 기사를 읽는 독자들에게 정확한 사실을 전달하는 것이 기본 아닌가요? 하지만 여러분은 어땠나요?"

최유진은 잠시 말을 멈추고 주변에 모인 기자들을 돌아보았다.

움찔.

그녀의 시선과 마주할 때마다 기자들은 자신도 모르게 몸을 움찔거렸다.

특종 기사를 찍어야 한다는 생각에 다른 사람의 피해는 생각지도 않고 맹목적으로 앞뒤 생각하지 않고 기사를 썼다.

그리고 지금 최유진은 은퇴 기자회견장에서 그런 연예부

기자들의 행태를 꼬집은 것이다.

자신들의 약점을 최유진이 제대로 언급하자 조금 전 항의를 하던 기자도 또 최유진의 말에 고까운 표정으로 불만을 표시하던 기자들도 아무런 말도 못하고 그녀의 시선을 피했다.

"만약 그런 사실이 없는 분이 계시다면 제가 사과드리죠. 하지만 안타깝게도 제가 지금까지 본 대로라면 사과받으실 양심적인 기자분들은……."

턱.

막 자신의 기분이 시키는 대로 솔직하게 생각하는 바를 말하려는 그때 누군가 최유진의 어깨에 손을 올렸다.

최유진은 갑자기 어깨에 누군가의 손길이 느껴지자 말을 멈추고 고개를 돌렸다.

"언니……."

이소진은 최유진이 은퇴를 하겠다고 할 때부터 아무런 말을 하지 않고 이 자리까지 따라왔다.

담당이던 최유진이 앞으로 연예인을 그만두게 되면 자신은 어떻게 될까라는 걱정보단 몇 년 동안 가족처럼 지내던 그녀를 제대로 케어해 주지 못해 그녀가 연예계 생활을 정리한다는 생각에 마음이 좋지 못했다.

그런데 정신을 차리고 보니 최유진이 기자들 앞에서 그들을 향해 윽박지르고 있었다.

아무리 은퇴를 선언하는 기자회견이라고 하지만 세상은

어떻게 변할지 모르고, 또 그녀가 아무리 연예계에서 은퇴한다고 해도 최소 몇 년은 계속해서 사람들이 그녀의 행동을 주시할 것이다.

뿐만 아니라 우울증 치료가 끝나면 회사로 돌아올 것이 아닌가? 비록 연예인은 아니지만 엔터테인먼트에서 일을 하게 되면 필연적으로 기자와 엮이게 된다.

나중에 또 어떻게 될지 모르는 일이기에 적당한 선을 지켜야 했다.

'더 이상은 안 돼요.'

이소진이 자신을 쳐다보는 최유진에게 더 이상 나가면 좋지 않다는 의미로 고개를 흔들었다.

그런 이소진의 마음을 읽었는지 최유진도 표정을 풀고 고개를 살짝 끄덕여 보였다.

'알았다. 더 이상 하지 않을게.'

이소진이 어깨를 짚는 바람에 흥분 상태에서 깨어난 최유진은 다시 기자들을 돌아보며 크게 심호흡을 하였다.

"흐음~ 하아."

흥분해서는 격앙되어 말을 쏟아내던 최유진이 갑자기 심호흡을 하자 기자들이 긴장을 하였다.

또 어떤 말을 쏟아내기 위해 심호흡까지 하는가 싶어 긴장하는 것이다.

하지만 잠깐 사이에 마음을 진정시킨 최유진은 한결 차분하게 이야기를 마무리 지어갔다.

"은퇴하는 마당에 그동안 느꼈던 부당한 것들에 대해 쏟아내고 끝내려 했지만, 어차피 저 한 사람으로 인해 바뀌는 것은 없다는 것을 알기에 이야기는 이것으로 마치겠습니다. 다시 한 번 말씀드리지만, 저와 스캔들 기사가 난 정수현 씨는 그저 친한 누나와 동생 사이일 뿐입니다. 제 병 때문에 치료에 도움을 주기 위해 자주 방문해 주었던 것뿐인데, 이를 색안경 끼고 왜곡시켜 기사를 썼다는 것에 실망을 금치 못합니다."

찰칵. 찰칵.

본격적인 본인의 은퇴 기자회견이 진행되면서 카메라 셔터 누르는 소리는 더욱 요란하게 울렸다.

그렇게 최유진의 전격적인 은퇴 선언이 끝나자 실시간 검색어에 그녀의 은퇴 소식과 그녀가 그동안 우울증을 앓고 있었다는 사실이 수현의 스캔들에 관한 순위를 밀어내고 올라왔다.

물론 최유진과도 연관이 있기에 실시간 검색 순위에서 완전히 빠지지는 않고 10위권 내에 아직도 계속해서 남아 있었다.

"유진 누나. 누나."

스케줄이 끝나자마자 수현은 최유진의 집으로 달려왔다.

느닷없는 그녀의 은퇴 기자회견을 TV로 접하게 된 그는 최유진의 은퇴를 그냥 기정사실로 받아들이기 힘들어 집으로 찾아온 것이다.

아침에 스케줄을 나가기 전까지만 해도 그런 소리는 전혀 없었는데, 무엇이 그녀를 최고의 자리에서 내려오도록 만든 것인지 궁금하기도 했고, 또 그것이 너무 안타까워서였다.

그러면서 심적으로 자신과의 일 때문에 최유진이 은퇴하려고 결심한 것은 아닌가 하는 생각도 들었다.

"어, 왔니?"

아침에 보았을 때와는 사뭇 다른 그녀의 반응에 수현은 순간 당황했다.

'어?'

아침까지만 해도 최유진은 무척이나 불안한 모습을 하고 있었다.

스캔들 때문에 그런 것도 있지만 우울증이 심해져서 자신이 혐오하던 자살을 하려고 했다는 사실 때문에 더욱 그러하였다.

그런데 불과 몇 시간 만에 무슨 심경의 변화가 있었는지 그녀는 한결 편안한 모습이었다.

"어떻게 된 거야?"

그녀의 변한 모습이나 또 기자회견으로 은퇴를 선언한 것에 대한 함축된 질문이었다. 그러나 최유진은 그 어느 쪽도 답해 주지 않았다.

"응, 뭐가 말야?"

수현의 질문을 받은 최유진은 무슨 말인지 모르겠다는 듯 거실로 걸어가며 물었다. 해서 수현은 다급한 마음을 가라앉히고 하나씩 천천히 되물었다.

"음… 일단, 은퇴라니 그게 무슨 말이야? 혹시 나 때문에 그런 거야?"

수현은 자신 때문에 최유진이 은퇴를 한 것 같은 생각이들어 물어보았다.

"아니, 기자회견에서도 말한 것처럼 이젠 지쳤다. 쉬고 싶어서 은퇴하려는 것이야."

최유진은 거실 소파에 앉으며 이야기하였다.

"물론 이번 일 때문에 내 병도 재발한 것 같아서 이참에 푹 쉬면서 치료도 받을 생각이야."

우울증이 재발한 바람에 낮 시간에는 괜찮다가도 저녁 시간에 혼자 있으면 어떻게 변할지 모르는 자신의 상태에 대해 깊이 생각한 그녀는 우선 자신의 병을 치료해야겠다는 결심을 하였다.

그녀는 스캔들 기사로 요즘 힘들기는 했지만 절대 자살을 할 생각은 하지 않았다.

하지만 지속적으로 스트레스를 받다 어제저녁 깊은 시각 혼자 있다 보니 자신도 모르는 사이 감정이 격해져 그런 생각을 한 것 같다는 판단이 들었다.

그래서 결심을 한 것이다. 연예계 생활을 병행하면서는 더 이상 치료에 진전이 없을 것 같다는 생각이 들었다.

더욱이 현재 여론도 자신에게 별로 좋지 못하고, 또 연예계 생활에 회의감이 든 것도 사실이었다.

최유진은 자신의 은퇴 이야기에 불안과 원망이 뒤섞인 복잡한 표정을 하고 있는 수현의 얼굴을 보았다.

"미안. 네게는 먼저 이야기를 했어야 하는데."

최유진은 불안한 표정을 하고 있는 수현의 얼굴을 감싸고 자신의 가슴에 끌어안았다.

그런 최유진의 허리에 자연스럽게 두 손을 감싼 수현은 그렇게 한동안 있었다.

"누나, 미안해."

수현은 낮은 목소리로 미안하다며 사과를 하였다.

"뭐가?"

최유진은 수현의 머리를 한 손으로 쓰다듬으며 사과하는 그를 달랬다.

"네가 미안할 것이 뭐가 있어, 다 내 잘못이지."

"아니야. 내가 잘만 처신을 했더라도 기자에게 들키지 않았을 것인데. 결국 그것 때문이잖아."

수현은 최유진의 은퇴가 모두 자신이 처신을 잘못해서 벌어진 일인 것만 같았다.

그 때문에 평소에는 상남자와 같은 모습만 보이던 그는 마치 엄마에게 버림받은 아이가 사랑을 갈구하는 듯 그녀의 품에 파고들며 어리광을 부리고 있다.

로열 가드의 리더이자 기사단장이란 닉네임을 가진 남자라고는 전혀 보이지 않을 만한 모습이었다.

최유진은 전혀 당황하지 않고 그런 수현을 마치 어린아이마냥 가슴에 안고 지그시 쳐다보았다.

"네가 내 옆에 있어줘서 정말로 난 언제나 든든했어. 애들 아빠가 나 모르게 이중생활을 했다는 것을 알게 되었을 때, 난 정말 살고 싶은 생각이 없었다."

최유진은 마치 오래된 옛 추억을 꺼내듯 자신의 이혼 전, 그러니까 3년 전 이야기를 자연스럽게 꺼냈다.

"너도 당시 내 상태를 봐서 알고 있었잖아. 너하고 소진이, 그리고 아이들이 아니었다면 난⋯⋯."

이야기를 하다 말고 그녀는 뒷말을 흐렸다.

그것은 말하지 않아도 그 뜻을 알 수 있는 이야기였다.

당시 그녀는 남편도 남편이지만, 시부모의 이중적인 태도에 큰 실망을 했다.

남편이 결혼 전에 여성 편력이 심하다는 것은 알고 있었다.

그리고 결혼 생활 중에도 남편이 외도하는 것을 몇 번 목격을 했다.

그래도 아이들이 있었고, 시부모님이 남편의 외도에 더 화를 내며 자신에게 자식을 잘못 키웠다고 잘못을 빌면서 아이들을 봐서라도 한 번만 용서를 해달라고 했기에 참았다.

그랬기에 실은 남편이 결혼 전에도 또 결혼 생활 중에도 외도를 했고, 그 과정에서 자식까지 봤다는 사실을 알았음에도 외도로 아들을 봤다는 이유만으로 시부모님이 안면 몰수하고 살기 싫으면 이혼을 하라고 큰소리를 치자 놀랄 수밖에 없었다.

참으로 적반하장도 유분수지, 제 자식의 잘못을 오히려 두둔하는 시부모의 모습에 큰 충격을 받았던 최유진은 이혼을 하고 싶었지만 아이들 때문에 쉽게 결정을 내릴 수가 없었다.

그런데 전남편과 시부모들은 오히려 그런 최유진이 이상한 쪽으로 상황을 몰아갔다.

그 때문에 최유진은 당시 매일 술에 취하지 않으면 잠을 자지 못할 정도로 정신적으로 힘들었다.

그런 시기에 옆에서 자신의 고민을 들어주고 언제나 지지를 해주는 이소진과 수현이 있었기에 그녀는 이혼의 충격에서 벗어날 수 있었다.

그러한 이야기를 담담하게 이야기하던 최유진은 시선을 내려 자신의 품에 안겨 있는 수현을 보며 말했다.

"그런 넌데 내가 어떻게 원망을 하니. 오히려 늙은 날 안 아주고 위로해 준 네게 내가 더 미안하지."

쪽.

최유진은 고개를 숙이며 자신의 품에 안겨 있는 수현의 얼굴을 들어 키스를 하였다.

"나 오늘 큰 결심을 했는데, 오늘 함께 있어줄 거지?"

이미 이재명 사장에게 수현의 스케줄이 오늘로써 마감이 되었다는 이야기를 들었다.

로열 가드야 계속해서 스케줄을 하지만 수현은 최유진과 엮인 스캔들 때문에 더 이상 스케줄을 잡지 않았다.

지금까지는 사전에 잡힌 스케줄이었기에 어쩔 수 없이 소화를 했지만 이제부터는 아니었다.

사실 킹덤 엔터에서 가장 큰 비중을 차지하고 있는 스타가 최유진이었다.

그런데 그런 최유진이 오늘자로 은퇴 선언을 하였다.

그런 상황에서 회사에 큰돈을 벌어주고 있는 로열 가드를 쉬게 할 수는 없다. 그래서 어쩔 수 없이 수현이 빠지고 여덟 명 멤버들만 활동을 계속하게 된 것이다.

로열 가드도 수현이 빠지게 되면 상당한 지장을 받지만 현재로서는 다른 방도가 없었다.

물론 킹덤 엔터에서는 이렇게 연달아 손해만 보는 상황을 그대로 감수할 생각은 없었다.

최유진도 은퇴를 하고 또 수현도 스캔들 때문에 활동을 하지 않아 손해가 이만저만이 아니게 된 상태에서 누군가는 책임을 져야 한다는 것이 이재명 사장이나 회사 임원들의 생각이었다.

그리고 그 책임은 사실 근거도 찾지 않고 그냥 수현이 최유진의 집에서 나오는 사진 한 장만을 들이밀며 기사를 싸지른 디스팩트에 물을 예정이다.

이미 한 차례 검찰에 허위 사실 유포에 대한 명예훼손으로 고발을 한 상태고, 또 디스팩트에서 낸 기사로 인해 광고가 떨어져 나감으로써 발생한 손해배상 등에 관한 민사소송도 함께 벌일 생각이다.

"애들은 어디 있는데?"

수현은 조심스럽게 아이들의 행방을 물었다.

"응, 애들은 소진이가 엄마 집에 데리고 갔어."

"알았어. 그럼 함께 있어줄게."

수현은 아이들이 외할머니 댁에 갔다는 소리에 조금 더 그녀의 품으로 파고들며 말했다.

이미 두 사람은 볼 것 안 볼 것 다 본 사이다.

또 간간이 남들 몰래 데이트도 했고 말이다.

어떻게 보면 두 사람은 나이 차이만 잊으면 연인과도 같은 사이다.

다만, 최유진이 전남편에 대한 안 좋은 기억 때문에 더 이상 재혼에 대한 생각이 없어 일정 거리 이상을 허용하지 않았다.

그저 가끔 생각이 날 때면 부담 없이 서로를 위로하는 그런 관계로 유지해 왔다.

연인인 듯하면서도 또 어떻게 보면 섹스 파트너 같기도 한 애매한 관계가 두 사람이 지금 맺고 있는 관계다.

물론 수현은 더 진전된 관계로 나아가고 싶은 생각도 있었지만 최유진은 아니었다.

아니, 최유진도 솔직히 조금 더 관계가 진전되었으면 하는 바람을 가진 때가 있었다.

하지만 나이 차이가 나도 너무 났다.

자신이 중학교 3학년일 때 수현이 태어났다.

연예계에 데뷔를 했을 때 수현은 유치원도 아니고 어린이집에 엄마 손 잡고 다닐 때다.

남자가 그렇게 나이가 많으면 상관이 없지만 여자, 그것도 한 번 결혼을 했다가 이혼녀라는 꼬리표가 달린 여자가 그렇게 나이가 많다면 그것은 손가락질을 받기 딱 좋았다.

아무리 수현이 좋다고 하지만 최유진은 그렇게까지 해서 수현의 옆에 있고 싶지는 않았다.

아니, 연예인이 아니었다면 그런 것도 나쁘지 않았다.

그렇지만 연예인 최유진과 정수현은 그런 관계로 나아가서는 안 되었다.

그 때문에 그동안 비밀로 하고 관계를 이어가고 있었다.

하지만 그것도 이제는 끝낼 시기가 다가왔다.

비록 완전히 들킨 것은 아니지만, 스캔들이 난 상태이기에 더 관계가 지속된다면 언제 둘의 관계가 들킬지 몰랐다.

그러니 이 관계는 오늘로써 마지막을 그려야 했다.

그런 생각에 최유진은 오늘을 마지막으로 관계를 정리하고 또 한국에서의 일도 정리한 뒤 미국으로 갈 생각이었다.

한국에서 치료를 할 수도 있지만 아직도 끝나지 않은 사람들의 관심 때문에 제대로 된 치료를 받을 수 있을지 솔직히 의심이 되었다.

아무리 자신이 은퇴를 했다고 해도, 사람들은 자신을 가만두지 않을 것이 분명했기 때문이다.

한국인들은 좋게 보면 정이 많은 것이고, 또 그것을 반대로 나쁜 쪽으로 본다면 오지랖이 지나치게 넓었다.

자신의 일도 아니면서 다른 사람의 일에 참견을 하는 사람이 많아도 너무 많은 것이다.

오죽했으면 옛말에 '남의 잔치에 감 놔라. 배 놔라. 한다' 는 말이 있겠는가. 그러니 올바른 치료를 위해선 한국에 있으면 안 되었다.

물론 미국에 간다고 해서 톱스타였던 그녀를 아무도 몰라보지는 않을 것이다.

다만, 한국에 있는 것보단 모르는 사람이 많으니 지역만 잘 찾아보면 편하게 사람들의 관심에서 벗어나 자유를 느끼며 치료에 집중할 수 있겠다는 판단이다.

이는 이재명 사장도 같은 생각이었다.

"여기 정리하고 미국으로 들어갈 거야."

이제는 수현의 품에 안겨 있던 최유진이 수현을 올려다보며 말했다.

"우울증 치료를 하기 위해 미국에 들어간다고?"

"그래."

수현은 그녀가 우울증 치료 목적으로 한국에서의 일을 정리하고 미국에 간다는 사실을 기자회견을 지켜봤기에 알고 있었다.

다만, 시기를 몰랐을 뿐이었다.

"언제 가는데?"

"응… 2주 뒤."

"뭐? 그렇게나 빨리?"

수현은 깜짝 놀랐다. 설마 그렇게 빨리 미국으로 갈 것이라고는 예상하지 못했기 때문이다.

아무리 그녀가 은퇴를 선언했다고 하지만 이해가 가지 않았다.

"왜 그렇게 빨리 가는데?"

"응, 어차피 난 일정 다 소화하고 휴식기에 접어들었으니 정리하는 데 그리 복잡할 것도 시간을 끌 것도 없잖아."

"그럼 아예 미국으로 이민을 가는 거야?"

수현은 담담하게 이야기하는 최유진의 모습에서 불안감을 느꼈다.

"아니, 그런 것은 아니고."

최유진은 이야기를 하다 말고 잠시 수현의 두 눈을 쳐다보았다.

조금 전만 해도 모든 것을 포용할 것 같던 깊은 두 눈이 또다시 불안하게 빛나고 있었다.

"사장님은 내 치료만 끝나면 귀국해서 회사 임원으로 일하라는데, 아이들 교육 문제도 있고 하니 몇 년은 있으려고."

최유진의 말이 끝나고 수현은 아무런 말을 하지 못했다.

그녀의 우울증 치료도 치료지만, 아이들 교육 때문에 몇 년은 미국에 있겠다는 말에 그 어떤 말도 할 수 없었기 때문이다.

사실 군대에 있을 때, 스타가 되겠다며 일방적인 이별 통보를 했던 안선혜 때문에 연예인에 대해 별로 긍정적인 생각을 하지 않았다.

그래서 무직으로 있을 때 군대 동기 오대성을 통해 최유진의 경호원으로 들어왔을 때도 경호원 외에는 생각지도 않았었다.

그러다 우연한 기회에 모델 제의를 받았다.

최유진이 촬영해야 할 광고 화보에 필요한 남자 모델이

사고로 오지 못했기에 어쩔 수 없이 그녀를 돕기 위해 찍게 된 것이다.

연예계에 대해 부정적으로 생각하던 그가 연예계에 대해 긍정적으로 보게 만든 것이 바로 최유진이었다.

최유진은 예전부터 좋아하던 스타였다.

군대를 제대하고 백수로 있다가 그녀의 경호원이 되면서 그 곁에서 본 연예계는, 일방적인 이별을 통보하고 또 몇 년 뒤 아무렇지 않게 자신의 잘못은 잊고 상대해 주지 않는다는 이유만으로 사람을 시켜 테러를 자행하려던 안선혜로부터 빚어진 부정적인 시각을 거둬주었다.

수현이 연예계에 데뷔를 한 것도 사실 최유진의 권유에 의한 것이다.

전혀 생각지도 않았던 분야가 바로 연예인이었는데, 최유진의 권유로 연예인이 되고 지금의 인기를 얻었다.

어떻게 보면 최유진은 수현에게 어두운 밤길에 길을 밝혀주는 등불과도 같은 존재다.

그런 최유진이 이제는 그를 떠나려 하고 있었다.

아니, 떠난다고 통보를 해왔다.

그 때문에 지금 수현의 머릿속은 무척이나 혼란스러웠다.

가지 말라고 붙잡아야 할까? 하지만 현재 그녀는 너무도 불안정한 상태다.

한국에 있는 것은 그녀에게 전혀 도움이 되지 않는다.

우울증은 무척이나 위험한 병이다.

특히나 사람들의 관심을 먹고 사는 연예인은 너무도 쉽게 걸리는 병이기도 했다.

사람들의 관심을 받아 인기를 끌게 되면 마치 대단한 존재가 된 것 같아 기분이 붕 뜬다.

하지만 그와 반대로 어떤 계기로 사람들의 지탄을 받게 되면 어느 누구에게 기대지도 못하고 그 모든 것을 혼자 감내해야만 하기도 한다.

그럴 때면 정말로 죽고 싶은 생각이 절로 든다.

실제로 그런 고통을 이겨내지 못하고 자살을 하는 연예인도 많다.

그런데 웃긴 것은 너무도 하찮은 이유로, 연예인이란 직업을 가졌다는 이유로 사람들의 공격을 받을 때도 있다.

현재 수현이 겪고 있는 것이 그것이다.

단지 만났다는 이유만으로 지금 수현과 최유진, 그리고 마리아 료코까지 삼각 스캔들이란 자극적인 제목을 달고 마녀사냥을 당하고 있는 중이다.

최유진은 그 때문에 호전되던 우울증이 더 심해져 자살 시도 직전까지 갔다.

정말로 통화 중 이상한 낌새를 알아채지 못했다면 어쩌면 지금 눈앞에 있는 최유진을 장례식장의 영정 사진으로 만났을지도 몰랐다.

　　　　　*　　　　　*　　　　　*

　유진바라기 : 이게 무슨 소리야! 우리 여왕님께서 은퇴라
니, 막아야 돼!

　나이트NO1 : 일이 이렇게 된 것은 모두 그 XX 때문이
야!

　└ X0018 : X신 연예인이라는 것들은 다 똑같지 무슨.
나이 먹은 늙은 X가 젊은 놈하고 붙어먹은 것이 들켜 쪽팔
려 도망치는 것이다.

　└ 1004미소 : 위에 님, 아무리 인터넷이 익명이라고
하지만 말이 너무 심하시네요. 예의를 지켜주시기 바랍니
다.

　└ X0018 : XX년아! 예의는 지켜줄 만한 사람에게만
지키면 된다. 너나 똑바로 살아라!

　용자001 : 연예인 하나 은퇴하는 것 가지고 뭘 이리 시
끄럽게 떠드는지! 최수지가 진정한 여왕이다.

　└ 향기나라 : 여기서 웬 최수지 드립?

　그람상조 : 상조는 역시 그람상조!

　└ 슬픈베르테르 : 운영자 뭐 하냐! 광고성 댓글 정리 안
하냐!

　우리여신님 : 우리 여신님이 은퇴를 하는 것은 전적으로

아무런 근거도 없이 스캔들 기사를 터뜨린 디스팩트 때문이다. 기사단 동지들, 우리가 일어서야 할 때입니다.

ㄴ 광희의유진 : 맞아! 우리 여왕님을 음해하려는 세력이 있어! 기사단의 힘을 보여줘야 할 때야!

ㄴ X0013 : 까고 있네! 늙은X 빠는 X끼들 많네! 정신들 차려라! 너네가 빠는 그XX는 이미 정수현하고 붕가붕가 했다.

ㄴ 운영자 : X0013님 작성하신 댓글의 내용이 적절치 않은 내용입니다. 내려주시기 바랍니다.

*　　　　*　　　　*

최유진의 갑작스러운 기자회견이 있고, 신문과 방송에서 연일 갑작스러운 그녀의 은퇴 선언을 송출했다.

한때 아시아의 여왕이라고까지 불릴 정도로 최정상의 자리에 있던 그녀, 하지만 세월에 장사 없다고 새롭게 떠오르는 수많은 젊은 스타들의 등장에 그녀의 인기도 점점 기울어갔다.

물론 그렇다고 그녀가 대한민국 연예계에서 차지하고 있는 영향력이 떨어진 것은 아니다.

국내의 인기야 젊고 예쁜 여성 스타들로 인해 예전만 못하다고 하지만, 당장 물 건너 일본이나 중국만 가도 아직도 최유진 하면 대한민국 최고의 여배우라는 찬사를 듣는다.

그런 그녀가 이제 겨우 마흔 살이 되었는데 연예계 은퇴를 한다고 선언했으니 뉴스가 되지 않을 수 없었다.

물론 그 뉴스에 달린 댓글을 보면 그녀의 은퇴에 안타까워하는 내용도 있지만, 절반 이상은 최근 불거진 스캔들로 부정적인 내용이었다.

그리고 개중에는 아주 부적절한 용어를 사용하면서 그녀를 욕하거나 함께 스캔들이 난 수현에 대한 악의적인 글들이 이어져 킹덤 엔터에서는 이에 대한 적극적인 법적 대응을 시사하였다.

그럼에도 악의적인 댓글은 그치질 않았다.

차악.

"과장님, 이거 너무한 것 아닙니까?"

킹덤 엔터 홍보부의 조운학 사원은 신문 기사를 읽다 말고 그것을 거칠게 접으며 자신의 상사인 이중기 과장에게 말했다. 작년까지 대리였던 이중기는 착실한 회사 생활로 어느덧 부하 직원이 하소연을 늘어놓거나 조언을 구할 만한 위치에 올라와 있었다.

"또 무슨 기산데 그래?"

이중기 과장은 부하 직원의 말에 인상을 찡그리며 물었다.

그렇지 않아도 최유진과 아이돌 그룹 로열 가드의 리더

수현 간의 스캔들을 진정시키기 위해 골머리를 앓고 있는데, 느닷없이 터진 최유진의 은퇴 발표에 연일 정신이 하나 없었다.

그런데 부하 직원이 열을 내며 다가오자 또 무슨 일이 생긴 건가 싶어 인상을 찡그리지 않을 수 없었다.

"중선일보 말입니다. 여기 보세요."

조운학은 자신의 상사가 관심을 보이자 재빠르게 방금 본 기사를 그에게 보여주었다.

"하! 이XX들은 정말 우리랑 무슨 원수가 졌다고 기사를 이따위로 쓰냐, 쓰길!!"

부하 직원이 가져온 기사를 읽던 이중기는 정말 속에서 화가 불길처럼 일어나 자신도 모르게 소리를 질렀다.

"거기 무슨 일이야? 무슨 일인데 사무실에서 큰 소리야?"

최유진의 은퇴 선언 때문에 간부 회의에 갔던 박명환 이사가 막 홍보부로 들어오다 이중기 과장의 큰 소리를 들었는지 물어왔다.

"이사님, 이것 좀 보십시오. 이거 너무한 것 아닙니까?"

조금 전 조운학이 자신에게 그랬던 것처럼 그대로 이중기 과장은 박명환 이사에게 달려가 손에 들고 있던 신문을 넘겼다.

"뭔데…… 아니!"

최유진의 갑작스런 은퇴로 인해 그 대책 회의를 하느라 지친 박명환은 지친 표정으로 이중기 과장이 넘겨준 기사를 보다 놀랐다.

기사의 내용이 너무도 자극적이고, 또 읽는 독자로 하여금 그녀가 자신의 부적절한 사생활이 들켜 도피를 하는 것처럼 묘사를 했기 때문이다.

"뭐 이런 개XX들이 다 있어. 이 과장!"

"네!"

"이 신문사, 인터넷 신문 기사 모두 뒤져서 최유진이나 정수현 관련 기사 중 두 사람이나 우리를 비방하는 글이 있으면 모두 캡쳐해."

"네, 알겠습니다."

"난 사장님께 갔다 올 테니 그때까지 모두 파악해 놔!"

박명환 이사는 화가 머리꼭지까지 올랐다.

언론사라면 작성한 기자가 기사에 개인적인 생각을 넣었더라도 이를 바로잡아 중립적인 입장에서 기사를 송출해야 함에도 불구하고, 이번 최유진 관련 기사 내용은 전혀 그렇지가 않았다.

기자의 주관적인 생각이 너무도 뚜렷하게 담긴 기사는 사실을 적시하는 기사가 아닌 한 편의 에로소설을 방불케 하였다.

분명 최유진의 은퇴 기자회견 말미에 이재명 사장은 이번 일에 객관적인 내용이 아닌 추측성 기사를 쓴 디스팩트를 명예훼손으로 고발했다고 발표를 했다.

그리고 고소와 함께 피해에 대한 손해배상도 함께 추진할 것도 알렸다.

그런데 방금 본 중선일보는 그것 또한 언론사의 정당한 활동을 막는 행위라 비난하고 있었다.

그 때문에 박명환 이사가 이토록 불같이 화를 내는 것이다.

디스팩트가 발표한 스캔들 기사는 달랑 사진 두 장이었다.

아이돌 가수인 수현이 최유진의 집에서 나오는 사진과 마리아 료코가 방한했을 때 개인 친분으로 마중 나갔다가 그녀와 그녀의 매니저를 묵게 될 호텔까지 안내할 때의 모습이 찍힌 사진, 이렇게 두 장이었다.

어떤 스캔들이 날 만한 그런 사진도 아니다.

그런데 사진과 함께 등장한 기사는 마치 수현이 최유진과 마리아 료코 두 사람을 상대로 양다리를 걸치고 부적절한 관계를 맺은 것처럼 몰아가고 있었다.

다른 때 같으면 그 정도 증거로는 기사도 내지 않았을 디스팩트가 어떤 이유에서인지 이번에는 기사를 냈다.

더욱 웃긴 것은 그렇게 스캔들 기사를 내고 얼마 뒤 뭔가 조치를 취하기도 전에 바로 내렸다는 것이다.

하지만 아이러니하게도 그 짧은 시간 디스팩트의 기사를

읽은 독자들이 이를 퍼 나르면서 일이 일파만파로 커진 것이었다.

한쪽은 대한민국 최고의 여배우 중 한 사람이고, 또 한 사람은 한국에서 인지도를 쌓아가고 있는 일본의 유명 여배우다.

그런 두 사람과 스캔들이 난 남자는 인도네시아에서 발생한 쓰나미에서 인명을 구해 영웅이 된 인기 아이돌 그룹의 리더다.

그러니 입방아 찧기 좋아하는 악플러들에게 좋은 먹잇감으로 등장한 것이기도 했다.

삼인성호라고 했던가? 세 사람이 모이면 없던 호랑이도 만들어낸다는 고사다.

그 말처럼 여러 사람들의 입을 통해 전달이 되다 보니 허술했던 디스팩트의 기사는 이제는 기정사실이 되어 최유진과 수현은 사람들의 입에서 입으로 전달이 되면서 천하의 죽일 인간들이 되어 있었다.

쾅!

"이 새X들, 아무리 지들이 언론사라고 하지만, 이건 우리와 전쟁을 하자는 것이지!"

킹덤 엔터의 사장실에서 큰 소리가 울렸다.

그것은 홍보 이사인 박명환이 들고 온 중선일보에서 쓴 기사를 읽은 이재명 사장의 입에서 나온 소리였다.

Chapter 7

방황

인천 국제공항.

동북아의 허브 공항인 인천 국제공항은 하루 이용객 수만 20만이 넘어가는 그런 공항이다.

그런 혼잡한 공항을 더욱 혼잡하게 하는 이들이 있었는데, 그들의 정체는 다름 아닌 기자들이었다.

무슨 일로 그런 것인지 많은 숫자의 기자들이 공항 로비 근처에 잔뜩 몰려 있었다.

그리고 기자들 주변에는 뭔가 결연에 찬 사람들이 삼삼오오 모여 있었다.

"온다!"

누구의 목소리인지 분명하지 않지만 한 사람의 고함 소리가 있고, 대기하고 있던 기자들이며 사람들이 분주하게 움직였다.

끼익.

공항 출입문 앞에 검정색 밴 한 대가 정차를 하였다.

드르륵.

"최유진이다!"

기자들 속에서 검정색 밴에서 내린 주인공이 얼마 전 은퇴 선언을 한 최유진이라며 누군가 소리쳤다.

찰칵. 찰칵.

그 소리가 떨어지기 무섭게 기자들은 들고 있는 카메라 셔터를 눌렀다.

"엄마."

막 차에서 내리던 둘째 딸 소진이 몰려 있는 사람들의 모습에 놀라 최유진의 품으로 파고들었다.

"비켜주세요."

공항에 도착을 하자 아무런 생각 없이 밴에서 내렸던 최유진은 얼른 소진을 자신의 품에 안으며 기자들에게서 가려 주었다.

최유진의 딸 성소진이 이런 모습을 보이는 데는 다 이유가 있었다.

유진이 수현과 함께 스캔들에 휩쓸리면서 그녀의 딸들도

특종을 노리며 몰려드는 기자들의 표적에서 빠져나갈 수는 없었다.

기자들은 어떻게든 특종을 따내려고 최유진과 수현의 주변을 돌다 여의치 않자 수현의 부모님 가게나 최유진의 딸들이 다니는 학교까지 추적을 하였다.

수현의 부모님이야 성인이시니 기자들의 몰상식한 취재 경쟁에서 어느 정도 대처를 할 수 있었지만, 최유진의 두 딸은 그렇지 못했다.

어린아이들인 최유진의 딸들은 학교까지 쫓아와 카메라와 마이크를 들이미는 기자들의 몰상식한 행위에 시달리다 공포를 느꼈다.

그래서 지금 이런 반응이 나오는 것이다.

최유진이 은퇴 선언을 한 뒤로는 뜸했는데, 미국으로 출국하기 위해 공항에 도착을 하니 또다시 기자들이 몰려 이런 현상이 벌어졌다.

은퇴를 했다고는 하지만, 최유진의 이름값이 아주 없어진 것이 아니기에 각 언론사에서는 앞다퉈 그녀의 출국을 취재하기 위해 공항에 모여든 것이다.

"찍지 마세요."

최유진의 매니저였던 이소진이 나서서 기자들을 막아섰다.

"비켜요."

하지만 기자들의 입에서 나온 말은 절대 호의적이지 않았다.

자신들의 일을 방해하는 이소진의 모습이 거슬린 탓이다.

그렇지만 그런 행위들이 정당한 것은 아니다.

연예계에서 매니저 활동으로 10년을 넘게 생활을 한 그녀는 기자들의 거친 언사에도 표정 변화 하나 없이 맞대응을 하였다.

이미 최유진이 연예계에서 은퇴한다고 선언을 한 뒤부터 이소진은 기자들에게 좋은 모습만 보여줄 필요가 없어졌다.

더욱이 최유진이 은퇴를 했다고는 하지만 당분간 그녀와 함께하기로 해서 따로 새로운 연예인을 배정받을 일도 없기에 기자들의 눈치를 볼 필요도 없으니 이참에 쌓인 것을 어느 정도 풀 생각으로 거칠게 나갔다.

"최유진 씨는 더 이상 연예인이 아닙니다. 그러니 찍지 마세요."

이소진이 이렇게 적극적으로 취재를 방해하고, 또 언제 왔는지 킹덤 엔터의 또 다른 직원들이 마치 경호원처럼 최유진과 그녀의 딸들을 둘러싸며 보호를 하였다.

그 때문에 더 이상 최유진의 사진을 찍을 수 없게 되자 기자들은 여기저기서 불만의 목소리를 터트렸다.

"감히 국민의 알 권리를 이렇게 막아도 되는 거야!"

"그러게 말이야. 일개 기획사가 감히 우리와 싸우겠다는 것이야!"

후안무치도 유분수지, 기자들은 자신들의 잘못은 생각지 않고 취재를 막는 킹덤 엔터와 최유진 일행들의 행위에 대해 성토해 댔다.

"불만 있으면 회사로 연락하세요. 그리고 다시 한 번 말씀드리지만, 최. 유. 진. 씨. 는 더 이상 연. 예. 인. 이 아닙니다."

이소진은 말하는 도중 최유진이란 이름과 연예인이 아니란 말을 딱딱 끊어 강조를 하면서 눈을 부라렸다.

그런 이소진의 기세에 기자들은 한순간 꿀 먹은 벙어리마냥 입을 다물었다.

"이모 최고."

이소진이 기자들을 상대로 윽박지르는 모습에 최유진의 첫째 딸이 엄지손가락을 치켜 올리며 소리쳤다.

"히히. 별말씀을."

자신을 이모라 부르며 따르는 예진의 말에 빙그레 웃어 보인 그녀는 아직 밴에서 내리지 못한 짐을 내렸다.

다른 짐들이야 국제 화물로 보내지만 일단 갈아입을 옷가지와 기본적인 물건은 캐리어에 담았다.

하지만 여자들의 짐이다 보니 가방이 한두 개가 아니었다.

"누나."

　　미국으로 가는 비행기를 기다리기 위해 대기하고 있던 최유진은 자신을 부르는 듯한 익숙한 목소리에 깜짝 놀랐다.

　　"어? 네가 여긴 어쩐 일이야?"

　　어제 작별 인사를 했던 두 사람이다.

　　그런데 미국으로 떠나기 위해 공항에 나와 있는데 수현이 나타나자 놀라 묻는 것이다.

　　"뭐 내가 못 올 데를 왔나?"

　　"삼촌."

　　이소진과 함께 화장실이라도 다녀왔는지 최유진의 두 딸들이 수현의 모습을 확인하고 달려왔다.

　　"예진이, 소진이, 안녕."

　　자신의 품으로 달려오는 성소진을 안아 들며 수현은 아이들에게 인사를 하였다.

　　"삼촌, 우리 미국 간다."

　　마치 자랑이라도 하듯 미국에 가는 것을 말하는 성소진의 말에 수현은 웃으며 그 말을 받았다.

　　"그래? 좋겠네."

　　"응. 소진 이모도 가는데, 삼촌도 같이 가자."

　　성소진은 자신의 말이라면 잘 들어주는 수현에게 함께 미국에 가자고 말을 하였다.

"하하, 삼촌도 미국에 가고는 싶은데 아직 갈 수가 없네."

"구래? 아깝다. 삼촌도 같이 가면 참 좋았을 텐데."

어눌했던 성소진의 말투는 불과 몇 년 사이 이제는 또박또박 제대로 발음이 되었다.

"소진이는 미국에 가서 기분이 좋은 것 같은데, 우리 예진이는 표정이 밝지가 않네?"

수현은 자신의 품에 안겨 밝게 웃는 성소진과 다르게 침울한 표정을 하고 있는 성예진을 보며 물었다.

"친구들과 헤어지는 것이 섭섭해서 그러는 것이야?"

수현은 성예진을 보며 조심스럽게 물었다.

아직 초등학생인 예진이 자신과 엄마의 스캔들 기사로 기자들에게 시달리고 고통받았다는 것을 전해 들었기에 아무래도 조심스러웠다.

초등학생이라고 하지만 어린 동생과는 다르게 엄마 아빠가 이혼을 하는 바람에 일찍 세상을 알아버린 성예진이었다.

더욱이 이혼 당시 아이들은 아빠에게서 버림을 받았었고, 동생인 성소진은 인지하지 못했지만 예진이는 다 알고 있었다.

어리지만 엄마의 영향을 많이 받은 예진이는 눈치가 빨라서 자신의 주변에서 벌어지고 있는 일에 대해 다 인지하고 있었다.

그런 일을 보고 겪으면서 예진이는 자신의 감정 표현을 최대한 줄였다.

그래야 엄마가 자신들을 버리지 않을 것이라 생각했기 때문이다.

엄마와 이혼을 하고 집을 나간 아빠는 한 달에 한 번 만나다 어느 순간 자신들을 만나러 오지 않았다.

뒤늦게 자신들이 아빠에게서 버림을 받았다는 것을 깨달았다.

그래서 그랬다. 혹시나 자신이 귀찮게 하면 엄마도 자신들을 버릴지 모른다는 불안감에 어린 예진이는 그렇게 자신의 감정을 죽이고 겉으로는 모든 것이 행복하다고 표현을 했었다.

그리고 엄마의 스캔들이 터졌을 때도 그랬다.

눈치가 빠른 예진이는 엄마가 자신들이 삼촌이라 부르는 수현을 좋아한다는 것을 알았다.

그래서 수현 삼촌이라면 엄마의 짝으로 괜찮다고 말을 했었던 것이다.

그런데 엄마의 선택은 그것이 아니었다.

최유진은 그런 예진이의 말에 큰 충격을 받았다.

잠깐 흔들리기는 했지만, 그것이 최선은 아니란 것을 어른인 그녀는 알았기에 큰딸의 말에도 다른 선택을 한 것이었다.

그리고 그 결과는 연예계 은퇴였다.

"흑."

느닷없이 예진이가 눈물을 보이며 울기 시작했다.

수현은 자신의 물음에 대답은 하지 않고 갑자기 울기 시작하는 예진이의 모습에 당황했다.

하지만 그것도 잠시, 예진이가 우는 것이 자신의 물음 때문이 아니라 그동안 어른들의 사정으로 예진이가 겪은 일 때문이라는 데 생각이 미쳤다.

덥석.

"미안. 많이 힘들었지?"

수현은 울음을 터뜨린 예진이를 품에 안으며 사과를 했다.

자신과 연관된 일로 기자들에게 시달렸을 예진이가 너무도 안타까웠다.

또 아직 부모의 사랑만 받고 컸어야 할 시기에 어른들의 일로 마음고생했을 아이가 안타깝기도 했다.

실제로 최유진이 아이들을 위해 많이 신경을 썼다고 하지만, 본인 몸 하나 챙기는 것도 힘든 시기였기에 그 또래의 아이들에 비해 예진이와 소진은 부모의 사랑을 많이 못 받았다.

그럼에도 엇나가지 않고 이만큼이나 바르게 자라준 것만도 고마운 일이었다.

더욱이 자신은 최유진과 애매모호한 관계로 더욱 아이들에게 미안한 감정을 가지고 있어 그 일에 관해선 무조건적으로 아이들 편이었다.

한편, 느닷없는 큰딸의 서러움 가득한 울음에 최유진도 표정이 굳었다.

배우로서 톱의 자리에 있기까지 그녀도 마냥 편한 것은 아니었다.

그러다 보니 자리를 지키기 위해 남들보다 더 빠르게 눈치를 보고 때로는 불합리한 일도 그냥 넘길 때도 있었다.

그래서 늘어난 것이라고는 눈치와 상대가 지금 무슨 생각을 하는지 캐치하는 노하우뿐이었다.

최유진은 큰딸이 우는 이유가 지금까지 자신이 챙기지 못했던 일들이 쌓이고 쌓여 한꺼번에 폭발한 때문임을 깨달았다.

덥석.

"엄마도 미안. 우리 딸이 이렇게 힘들었는지 엄마는 몰랐네. 흑."

"엄마, 울지 마."

최유진이 울고 있는 예진을 껴안고 울자, 둘째 소진도 조금 전까지 미국에 간다며 좋아하던 것과 다르게 눈에 눈물이 글썽였다.

한순간 장내는 우울한 분위기에 빠졌다.

"정수현, 너 너무한 것 아니냐?"

이소진은 분위기가 어두워지는 것을 막기 위해 짐짓 서운하다는 듯 수현을 부르며 분위기 전환을 시도했다.

그런 이소진의 의도는 성공을 거두었다.

눈치가 빠른 수현이 얼른 이소진의 의도를 알아채고 그녀에게 사과를 했다.

"아, 소진 누나. 조카들을 보느라 누나가 있는 것을 깜박했네."

"뭐? 와, 내가 너를 어떻게 키웠는데."

이소진은 과장된 표현까지 써가며 수현을 타박했다.

물론 악의가 있어 그러는 것은 아니었다. 두 아이들의 관심을 다른 데로 돌리기 위해서였다.

금방 울음바다가 될 것만 같았던 분위기는 어느새 해소가 되고, 수현과 이소진이 하는 대화에 동그랗게 눈을 뜨고 놀라는 표정을 하는 두 아이들로 인해 분위기가 밝아졌다.

"삼촌, 그거 개그야?"

"그러게. 이모는 우리랑 같이 왔는데 어떻게 못 봤다고 하는 거지?"

성소진과 성예진 자매는 수현과 이소진이 자신들 때문에 말도 되지 않는 대화를 하고 있는 것을 눈치채지 못하고 고개를 갸웃거렸다.

'다행이네.'

두 사람의 노력이 통했는지 막내 소진의 눈에 글썽이던 눈물이 쏙 사라지고, 예진이 언제 울었냐는 듯 울음을 그치고 자신을 쳐다보자 수현은 안도의 한숨을 쉬었다.

"어제 봤으면 됐지, 뭐 하려고 여기까지 나왔어?"

어느 정도 딸들이 진정이 된 것 같자 최유진은 다시 주제로 돌아와 수현을 보며 물었다.

"뭐, 시간도 남는데 누나하고 조카들 배웅은 나와야지."

수현은 담담한 표정으로 대답을 했다.

하지만 그 말속에는 진한 아쉬움이 가득했다.

괜히 자신 때문에 최유진과 조카들이 한국을 떠나는 것만 같았기 때문이다.

"와. 아까부터 난 완전 없는 사람이구나. 나도 유진 언니랑 함께 가는데."

"물론 소진 누나도 함께 배웅을 나온 것이지. 내가 어떻게 누나를 잊겠어."

섭섭하다며 말을 하는 이소진의 말에 수현은 얼른 사과를 했다. 반은 장난으로 하는 말이었기에 이소진은 냉큼 사과를 받아 챙겼다.

장내 분위기가 완전히 밝아지자, 수현은 최유진에게 넌지시 염려의 말을 던졌다.

스타일라이트

"그런데 힘들지 않겠어?"

느닷없는 수현의 질문에 최유진은 씁쓸한 미소를 지으며 대답을 하였다.

"뭐 일단 교민이 없는 지역이니 적응하는 데 조금 힘들기는 하겠지만, 지금 상황에서는 날 알고 있는 사람들이 있으면 더 피곤할 것 같아서 그렇게 결정을 한 것이야."

보통 외국에 나가게 되면 적응을 빨리 하기 위해선 말이 통해야 하는데, 교민들이 있으면 빠르고 쉽게 외국 생활에 적응을 할 수 있겠지만 최유진은 그렇게 하지 않았다.

원래 목적도 우울증 치료가 주목적인 관계로 일단은 사람들의 관심을 피하기 위해 최대한 교민이 적은 지역을 위주로 컨택을 하였다.

더욱이 현재 최유진이 은퇴 선언을 했다고 하지만 대한민국에서는 연예인들의 은퇴를 의미 그대로 받아들이지 않는다.

그도 그럴 것이, 은퇴 선언을 했다가도 복귀를 하는 연예인들이 많기 때문이다.

뭔가 큰 사고를 쳤거나 여론이 좋지 못할 때, 한국의 연예인들이 흔히 사용하는 것이 군 입대나 은퇴 선언이었기 때문이다.

그러다 시간이 흐르고 여론이 잠잠해지면 슬그머니 복귀를 했다.

그러니 최유진이 우울증 치료를 이유로 연예계 은퇴 선언을 했다고 해도 이를 그대로 믿는 사람은 없었다.

사람들의 심리 속에는 최유진이 은퇴 선언을 한 것은 이번 스캔들 때문에 그런 것이지, 여론이 잠잠해지면 다시 복귀를 할 것이라 믿고 있었다.

그렇기에 최유진이 아이들과 함께 미국으로 출국하는 오늘 공항 앞에 기자들이 진을 치고 기다렸던 것이다.

"일이 해결된 것도 아닌데, 나만 도피를 하는 것 같아 미안하다."

"아니야. 누나가 뭐가. 나도 이참에 확 연예계 은퇴를 선언할까?"

수현은 자꾸만 자신에게 미안하다는 말을 하는 최유진의 말에 괜찮다는 말을 하다 말고, 자신도 은퇴를 할까 하고 속마음을 내비쳤다.

"뭐? 절대로 그러지 마. 너까지 그러면 저들의 뜻대로 넘어가게 된다. 그러면 사장님이나 킹덤 엔터 식구들이 더 힘들어져. 그리고 다른 아이들도 생각해야지."

최유진은 얼른 수현을 진정시켰다.

그동안 지켜본 수현은 한 번 입에서 말을 꺼내면 꼭 지키는 사람이었다.

그 때문에 전남편인 성정국보다 더 믿음이 간 것이기도 했다.

말을 함에 전혀 빈말이 없는 수현의 성격을 알기에 최유진은 심장이 내려앉는 듯한 느낌을 받았다.

그리고 그건 옆에서 이야기를 듣고 있는 이소진도 마찬가지였다.

비록 최유진과 함께 미국으로 가기는 하지만 그녀의 소속은 킹덤 엔터다.

최유진이 치료를 마치고 한국으로 돌아오면 다시 회사로 복귀를 할 처지다.

그 전까지는 회사 이사로 명기된 최유진의 보조를 하는 비서로서 미국에 동행을 하는 것이다.

즉, 이소진은 최유진을 따라 미국에 생활을 하지만 킹덤 엔터의 직원으로서 파견 근무를 하는 것이다.

그것도 장기간 말이다.

최유진이 은퇴를 한 시점에서 킹덤 엔터에 아직도 많은 연예인이 남아 있지만 가장 인기를 가지고 있는 것은 이젠 수현이 속한 로열 가드였다.

그 로열 가드의 인기 중 절반 이상을 차지하는 것이 바로 리더인 수현이다.

그런 수현이 은퇴를 언급하자 이소진도 놀란 것이다.

다행히도 수현은 그들의 만류 때문인지 한 발짝 물러났다.

"농담이야."

"넌 무슨 농담을 그렇게 살벌하게 하냐."

농담이란 수현의 말에 이소진은 눈을 동그랗게 뜨며 작게 중얼거렸다.

하지만 수현의 내심은 입 밖에 낸 농담이란 말과는 전혀 달랐다.

마음 한 켠엔 정말로 은퇴를 떠올리기도 했다.

다만, 최유진이 언급했던 것처럼 로열 가드의 동생들 때문에 쉽게 결정을 하지 못했을 뿐이다.

만약 수현이 솔로 가수였다면, 어쩌면 정말로 연예계 은퇴를 결심했을 수도 있었다.

"지금은 사람들이 너를 욕할 테지만 그것도 금방 지나갈 거야."

"누나."

— 서울발 로스앤젤레스행 대한항공 777편 탑승을 시작합니다.

"비행기 탑승 시작이다."

최유진은 비행기 탑승 안내 방송이 나오자 얼른 말을 하고 자리에서 일어났다.

"와줘서 고마워."

"아니야. 당연히 와야지."

"예진이, 소진이, 삼촌에게 작별 인사 해야지."

"삼촌, 다녀오겠습니다."

"다녀오겠습니다."

"그래, 예진이하고 소진이 잘 다녀와."

"네."

"소진 누나도 잘 다녀오세요."

"그래, 정리되면 연락할 테니 시간 되면 너도 놀러 와."

이소진은 수현의 작별 인사에 미소를 지으며 대답을 하였다.

"네, 그럴게요."

"그럼 안녕."

최유진은 마지막 인사를 하고 뒤돌아 아이들과 함께 출국 게이트로 향했다.

그런 최유진의 뒷모습을 말없이 지켜보던 수현은 그녀가 출입문 너머로 사라질 때까지 한동안 자리를 떠나지 못했다.

그런데 그런 수현의 모습을 저 멀리서 지켜보는 시선이 있었다.

찰칵.

*　　　　*　　　　*

단독 입수! 인기 남성 아이돌 그룹 리더 J씨와 얼마 전 은퇴를 선언하고 미국으로 떠난 톱스타 C씨의 관계는 정말로 그들이 주장하는 것처럼 아무런 사이도 아닌가? 하지만 본 기자가 취재한 결과 이 둘의 관계는 결코 이들이 주장하는 것과는 달랐다. 이는 C 씨가 은퇴를 선언하고 미국으로 급하게 떠나는 것을 애틋한 표정으로 배웅을 한 J씨의 모습만 봐도 알 수 있다. ……만약 이들이 아무런 관계도 아니라면 굳이 오해를 사고 있는 시점에서 C씨가 급하게 은퇴를 선언하고 미국으로 떠날 필요가 있을까? 킹덤 엔터의 관계자는 이날 미국으로 떠나는 C씨를 배웅하지 않은 것과 다르게 J씨는 스케줄도 빠지고 홀로 떠나는 C씨를 배웅했다.

조지훈 기자 jghno1@THISPACT.com (글 서체)

나이트NO1 : 아! C8 개XX 이렇게 증거가 나오는데, 여태 팬들 우롱한 거야!

ㄴ X0018 : 내가 뭐라고 했음, 정수현 그놈 구라장이임. 최유진 말고도 여자 연예인 따먹은 것 더 많음.

ㄴ 1004미소 : 이 님 또 이러네! 그리고 위에 기사 제대로 읽은 것 맞나? 기자 놈 헛소리만 늘어놓고 있는데, 저 증거라는 사진도 어떻게 그게 정수현하고 최유진이 사긴다는 근거가 되는지 이해가 안 가네!

ㄴ X0018 : 증거가 나왔는데, 아직도 정수현 빠는 XX 있네! 기자가 올린 사진만 봐도 확실하구만 뭐가 아니란 건지 도무지 No이해!

수현마눌 : 어이없네! 정수현 연예계 데뷔시키고 인지도

올리는 데 물심양면으로 도움을 준 것이 톱스타 최유진이라고 인터뷰할 때마다 떠들었는데. 그럼 그런 사람이 모든 것을 정리하고 치료하기 위해 미국으로 가는데, 배웅도 나가지 말아야 한다는 말인가요? 우리 수현 오빠 험담하는 사람들은 아마 배웅하러 공항에 나가지 않았으면 또 그것 가지고 악플을 썼을 것이면서 뭘 제대로 알고 떠들든가. 기자는 생각이 있는 것인지 궁금하네!

*   *   *

최유진이 전격적인 연예계 은퇴 선언을 하고 불과 2주 만에 신변 정리를 하고 미국으로 떠난 것과 맞물려 다른 사람도 아닌 함께 스캔들에 언급된 수현이 마지막 배웅을 한 것 때문에 잠시 잠잠해지던 스캔들이 마치 잦아드는 모닥불에 기름을 부은 것마냥 다시 한번 활활 타올랐다.

수현의 팬들이나 최유진의 팬들 대부분은 두 사람의 인연을 생각하면 배웅을 할 수도 있다는 입장이고, 원래 두 사람을 깎아내리며 악플을 달았던 사람들은 이 또한 색안경을 쓰고 보았다.

이에 수현의 소속사인 킹덤 엔터에서는 디스팩트의 조지훈 기자가 언급한 로열 가드의 활동 중에 수현만이 홀로 최유진이 미국으로 떠나는 것을 배웅했다는 것과 킹덤 엔터에서는 아무도 배웅을 하지 않았다는 기사에 반박 성명을 내었다.

킹덤 엔터의 홍보부는 최유진이 미국으로 떠날 때 킹덤 엔터의 직원인 이소진이 함께 동행을 했으며, 최유진의 미국 생활 적응을 돕기 위해 장기 파견을 보냈다는 것이다.

그리고 이날 수현이 다른 로열 가드 멤버들이 스케줄을 소화하는 와중에도 홀로 떨어져 배웅을 했던 것은 회사 차원의 배려였다고 발표를 하였다.

현재 가장 논란의 중심에 있는 수현의 안정을 위해 로열 가드 활동과 별개로 휴식을 주었다는 것이다.

비록 그런 결정으로 회사의 수익이 줄어들기는 하지만 그동안 수현이 솔로 활동으로 벌어들인 수익만 따져도 현재 로열 가드 전 멤버들이 벌어들이는 이익보다 많았고, 다른 멤버들이 휴식기를 가지며 재충전을 할 때 수현은 드라마 촬영 등으로 계속해서 활동을 했기에 이번 기회에 휴식 기간을 준 것이란 발표다.

이에 팬들은 킹덤 엔터의 발표에 찬성의 성명을 낸 것과 다르게 스캔들 의혹을 벗어나기 위해 물타기 하는 것이라 주장하는 이들도 있었다.

*   *   *

덜컹.

현관문이 열리고 떠들썩한 소음이 들리며 여러 명의 장정들이 집 안으로 들어왔다.

"다녀왔습니다."

스케줄 나갔던 로열 가드 멤버들이 스케줄을 마치고 숙소로 돌아온 것이었다.

"응, 왔나?"

최유진이 미국으로 떠나는 것을 배웅하고 돌아와 하루 종일 집에만 틀어박혀 있었던 수현은 스케줄을 마치고 돌아온 동생들을 맞았다. 하지만 평소의 파이팅 넘치는 모습과는 다르게 너무도 힘이 없고 축 처지는 모습이었다.

"형, 유진 누나 미국으로 떠나는 것 배웅 가신다더니, 못 보셨어요?"

수현의 반응이 영 정상과는 멀어 보이자 윤호가 혹시 최유진을 만나지 못했나 하는 생각에 물었다.

"아니. 만났고, 비행기 타는 것까지 보고 왔다."

윤호의 질문에 수현은 담담한 목소리로 대답을 하였다.

그렇지만 로열 가드의 멤버들은 지금 수현의 상태가 정상이 아니란 것을 확신했다.

'수현 형이 정상이 아니야.'

'아, 이거 어떻게 된 것이야.'

로열 가드 멤버들은 아침 스케줄을 나가기 전 보았던 모습과 180도 다른 수현의 반응에 그의 이상을 느끼며 걱정이 밀려왔다.

"스케줄 갔다 왔으면 씻어라."

수현은 동생들이 무슨 생각을 하는지 관심도 없다는 듯 할 말만 마치고는 자신의 방으로 들어갔다.

탁.

문을 닫고 방 안으로 들어가는 수현의 모습을 조용히 지켜본 멤버들은 거실에 모여 이야기를 하기 시작했다.

"정수 형."

"왜?"

"수현이 형, 상태가 영 메롱한 것 같은데, 이거 전 부장님께 알려야 하는 것 아니야?"

윤호는 수현이 들어간 방을 한 번 쳐다보고는 그렇게 물었다.

"그러게. 수현이 형 저러는 것 처음 봐."

멤버들은 재작년 데뷔를 한 이후로 단 한 번도 저렇게 수현의 무방비한 모습을 본 적이 없었다.

아니, 데뷔 이후가 아니라 처음 수현을 연습실에서 보았을 때부터라는 말이 맞을 것이다.

그동안 로열 가드 멤버들이 본 수현은 그야말로 슈퍼맨이었다.

아무런 지식이 없는 상태에서 불과 몇 달 만에 노래와 춤

에 대한 기초를 쌓더니 어느 순간 자신들의 수준을 넘어섰다.

그뿐만 아니다. 분명 최종 학력이 고졸이라고 들었는데, 독학으로 영어를 비롯해 다수의 외국어도 그 나라 사람들과 전혀 어색하지 않게 이야기를 할 정도로 익혔다.

그 때문에 로열 가드 멤버들도 수현의 도움을 받아 외국어 한두 가지는 할 수 있게 되었다.

그리고 수현은 지식에 대한 욕심도 많아 독학만으로 대학 학력도 인정을 받았다.

그게 어떻게 된 일인가 하면, 바로 인터넷 강의를 통해 스케줄 중 빈 시간을 이용해 학력을 취득한 것이다.

그것도 국내 방송대학이 아닌 외국 유명 대학에서 하는 인터넷 대학을 이용해 조기에 졸업을 하고 졸업 증명서를 받았다.

물론 이러한 사실은 가까이에서 지켜본 로열 가드 멤버들과 몇몇 회사의 관계자들만 알고 있다.

그렇게 자신의 위치에서 최선을 다하는 수현의 모습을 곁에서 지켜봐 온 로열 가드 멤버들로서는 방금 전 시큰둥했던 수현은 절대 상상도 못했던 모습이다.

그 때문에 멤버들은 위화감과 함께 뭔가 이상함을 느낀 것이다.

"알았다. 조금 뒤에 내가 부장님께 연락할게. 일단 씻자.”

박정수는 동생들의 말에 고개를 끄덕였다.

그가 봐도 수현의 모습은 걱정스러울 만큼 정상적으로 보이지 않았기 때문이다.

＊　　　＊　　　＊

한편, 동생들이 스케줄을 마치고 돌아온 것을 봤으면서도 수현은 별다른 말도 없이 자신의 방으로 들어와 침대에 누워 낮에 있었던 일들을 생각했다.

최유진을 배웅하고 돌아온 뒤 그는 몇 시간 동안 계속해서 같은 생각만 되풀이하고 있었다.

수현에게 최유진은 은인과도 같은 사람이다.

군대를 제대하고 천직이라 믿었던 태권도 사범 일을 자신의 의지와는 상관없이 그만두어야 했던 순간 수현은 큰 충격을 받았다.

그 때문에 사회에 대한 불만도 생겼는데, 마침 그 울분을 불사를 사건이 발생했다.

자신의 무관심에 화가 난 전 여자 친구 안선혜가 사람을 시켜 테러를 하려고 했던 것이다.

물론 처음에는 무엇 때문에 자신이 그런 일을 겪어야 하는지 알 수 없었지만, 일단 당시 기분이 좋지 못했던 상황에서 스트레스를 해소할 길이 생겨 아무런 생각 없이 깡패들과 싸웠다.

나중에 그 일이 안선혜의 수작에 의해 생긴 일이란 것을 알고 그녀가 소속된 MK엔터에 찾아가 한 차례 경고를 해주었다.

그러다 우연히 길에서 군대 동기를 만나고, 또 우여곡절 끝에 당시 안전을 위해 경호원을 구하고 있던 최유진의 경호원으로 채용이 되었다.

사람의 인연이라는 것이 참으로 오묘했다.

어려서부터 동경의 대상이던 대스타인 최유진을 그렇게 다시 만난 것이다.

첫 휴가를 나가 할 일도 없던 차에 군대 동기의 도움으로 보고 두 번째 보는 순간이었는데, 최유진은 자신의 안전을 위해 고용하는 경호원 문제를 너무도 쉽게 허락을 하였다.

정말로 인연이 되려면 그렇게 쉽게 맺어지기도 한다는 것을 그때 깨달았다.

경호원으로 가까이에서 보필을 하면서 보아온 최유진은 연예계의 더러움을 몰랐을 때 생각했던 스타의 모습을 그대로 보여주었다.

어른이 되고, 연예인들이 어린 시절 생각하던 그런 존재가 아니란 것을 깨달은 뒤에도 최유진은 언제나 한결같은 모습을 보여주었기에 수현은 경호원으로 곁에 있으면서도 마음 한편으로는 그녀와 같은 여자를 만나고 싶다는 소망을 가졌다.

하지만 최유진과 같은 사람을 찾는다는 것은 정말로 하늘의 별을 따는 것만큼이나 어려운 일이다.

톱스타의 자리에 있으면서도 자신의 본분을 잊지 않고 올곧은 행동을 하는 사람은 별로 없었다.

방송에서 보이는 모습과 현실에서, 카메라 밖에서의 모습이 정반대인 사람들이 참으로 많았다.

그리고 착하다고 알려진 연예인 중에서도 자신보다 못한 사람에게 알게 모르게 차별을 하는 사람도 많았다.

그러한 스타들의 모습을 보면서 수현은 어느새 여자를 보는 기준이 최유진이 되어 있었다.

그러다 술 때문에 사고가 터졌다.

물론 누구의 잘못이라고 할 수도 없었지만 어쨌든 일은 벌어졌다.

그 일이 있고 나서 얼마 뒤 최유진은 남편과 이혼을 했다.

최유진은 한사코 자신과의 일 때문에 이혼을 결심한 것은 아니라 했지만, 수현은 마음 한편으로는 자신 때문에 결심을 한 것이었으면 하는 바람도 있었다.

비록 그녀와 나이 차이도 많고, 또 그녀에게 딸린 자식이 있다고는 하지만 수현에게는 그런 것은 중요하지 않았다.

그녀만 원한다면 자신이 책임을 지고 싶었다.

하지만 최유진은 그런 결정을 하지 않았다.

다만, 다른 식으로 반응을 보였다.

자신의 프라이드를 들먹이며 수현에게 최고가 되라는 요구를 한 것이다.

물론 어떻게 보면 어처구니없는 강요였지만 수현은 그렇게 생각하지 않았다.

당시 수현은 그것이 최유진을 동경하는 자신이 할 수 있는 최선이라 생각하고, 그녀가 원하는 대로 해주기로 결심을 했다.

그래서 모델 제의가 들어왔을 때 모델이 되었고, 그녀가 연예인이 되어보라는 제의를 했을 때 흔쾌히 승낙을 한 것이다.

그렇게 탐탁하게 생각지 않던 연예계였지만 그녀의 권유가 있어 발을 들였다.

그 뒤로도 그녀의 도움을 받아 승승장구를 하였다.

아이돌이 되고, 또 데뷔를 하기도 전에 지상파 방송의 간판 예능에 픽업이 되었다.

자신의 급에 맞지도 않는 프로에 최유진은 정수현 그를 띄워주기 위해 출연을 하였다.

그렇게 지금의 자신이 있기까지 최유진의 도움은 이루 말할 수 없을 정도로 지극정성이었다.

그녀와는 가끔 만나 데이트도 하고 또 남들 눈을 피해 밤을 함께 보내기도 했다.

하지만 거기까지였다. 최유진은 절대로 그 이상의 자리를 자신에게 허락하지 않았다.

물론 수현은 그 이상도 괜찮다고 생각은 하고 있었지만 최유진이 원하지 않았기에 더 욕심을 낼 수 없었다.

괜히 욕심을 내다가 그 관계가 파토가 날 수도 있다고 생각했기 때문이다.

그런데 스캔들이 터지고 한없이 무너지는 최유진의 모습을 보면서 수현은 당황했다.

어떻게 하든 그녀를 그 자리에 붙잡고 싶다는 생각에 방송에서, 그리고 기회가 날 때마다 해명을 했다.

자신의 욕망을 숨기고 그녀와의 애매모호한 관계를 숨겼다.

하지만 그럴수록 최유진과 자신에게 돌아오는 사람들의 시선은 싸늘하기만 했다.

어차피 사람들의 시선이야 별로 상관하지 않는 주의였지만 최유진이 힘들어하는 모습을 보는 것은 여간 힘든 것이 아니었다.

최유진이 은퇴 선언을 했을 때는 걱정을 하는 한편으로 작은 안도감도 들었다.

자신이나 그녀 둘 중 하나가 연예계를 떠나면 스캔들이

잠잠해지지 않을까 하는 생각을 하기도 했기 때문이다.

그런데 막상 생각만 하고 있던 일이 현실로 일어나니 혼란이 왔다.

그래서 당황하기만 했지 정작 제대로 된 대처는 하지도 못했다.

그런 혼란 속에서 수현이 생각을 정리하기도 전에 최유진은 빠르게 주변을 정리하고 미국으로 떠났다.

최유진이 떠나는 모습을 배웅하고 나면 모든 것이 정리가 될 줄 알았다.

하지만 공항에서 배웅을 하고 돌아온 뒤 수현은 갑자기 모든 일이 귀찮아졌다.

스캔들 때문에 자신을 옹호해 주는 팬들이나 반대편에 서서 자신을 욕하는 사람들이나, 그리고 스캔들 속에서 자신을 보호하려는 회사 관계자들의 배려도 모두 귀찮게 느껴진 것이다.

아무것도 하기 싫고, 아무도 없는 곳에서 혼자 있고 싶어졌다.

그런 생각이 들자 수현은 누워 있던 침대에서 벌떡 일어났다.

드르륵.

탁.

서랍에서 차 키를 꺼낸 수현은 방을 나섰다.

＊　　　＊　　　＊

덜컹.

거실에 모여 대책 회의를 하고 있던 로열 가드 멤버들은 갑자기 방문이 열리자 그곳으로 고개를 돌렸다.

"형, 어디 나가시게요?"

박정수는 외출하는 복장으로 방에서 나온 수현을 보며 물었다.

"한 며칠 바람 좀 쐬고 올게. 부장님께는 그렇게 전해 줘."

탕.

"어, 형?"

자신의 할 말만 끝내고 나가 버리는 모습에 박정수가 뒤늦게 수현을 불러보지만 이미 문은 닫혔다.

"와, 멋지다."

분위기와 상관없이 방금 전 자신의 할 말만 하고 나가 버리는 수현의 모습에 성민이 느닷없이 멋지다는 발언을 했다.

탁.

"아아. 왜 때려!"

"넌 눈치도 없냐? 지금이 그럴 때야?"

엉뚱한 발언을 하는 성민의 뒤통수를 갈긴 조원이 한마디 했다.

"뭐 하고 있어. 얼른 부장님께 연락해."

조용히 멤버들의 모습을 지켜보고 있던 대영이 박정수에게 소리쳤다.

"어, 알았다."

수현이 없을 때 리더 역할을 하는 사람이 박정수였기에 대영이 말을 한 것이다.

*   *   *

부우웅.

답답한 마음에 숙소를 나온 수현은 자신의 애마를 끌고 달렸다.

자동차의 지붕을 오픈하고 바람을 맞으며 달리자 어느 정도 기분이 풀리는 듯했다.

정처 없이 달리던 중 주변에 곡식이 노랗게 익어가고 산과 들에 핀 꽃과 나무들의 잎이 초록빛에서 노랗게 바뀌어가는 것이 보였다.

'벌써 가을인가?'

그동안 드라마 촬영이다, 로열 가드 컴백이다 해서 숨 가쁘게 달려왔다.

더욱이 자신은 활동 중간중간 모델로서 CF 촬영도 해야 했기에 다른 멤버들보다 더 정신이 없었다.

데뷔 3년차인 그가 지금까지 제대로 쉬어본 적이 얼마나 될지 손에 꼽을 정도다.

그렇다고 그에 대한 불만은 없었다.

열심히 활동을 하였기에 집안 형편도 펴고, 부모님께 근사한 고깃집도 마련해 드렸다.

또 자신은 비록 은행 융자를 끼기는 했지만 강남에 7층짜리 빌딩도 샀다.

그랬기에 연예계에 대해 부정적으로 생각했던 것도 시간이 지나면서 어느 정도 희석이 되었었다.

그 모든 것이 자신의 옆에서 여러모로 도움을 준 최유진의 덕이라 생각했기에 수현은 그녀가 원한다면 뭐든지 할 생각이었다.

비록 나이 차이가 많이 나긴 했지만 그게 무슨 상관이냐는 생각이었다. 어차피 한 핏줄을 나눈 형제도 아니고, 인척 관계도 아니지 않은가? 마음이 맞으면 만나는 거고, 그러다 정말로 함께하고 싶은 마음이 들면 결혼을 할 수도 있는 것 아닌가? 수현은 운전을 하면서도 계속해서 그런 생각이 머릿속을 스치고 지나갔다.

하지만 이제는 모든 것이 싫증이 났다.

더 이상 최유진이 한국에 없었기 때문이다.

스타라이프

술기운 때문이라지만 그녀와 육체적 관계를 맺고 그간 많은 생각을 했다.

비록 실수라고는 하지만 그 뒤로 그녀는 자신을 멀리하지는 않았다.

이에 수현은 어떻게 하든 그녀의 마음에 들기 위해 노력을 했다.

연예인에 자질이 있다는 그녀의 말만 믿고 아무것도 모르는 세계에 뛰어드는 도전을 하였다.

아이돌 데뷔 반에 들어가 춤과 노래를 배웠다.

자신보다 다섯 살이나 어린 동생들 속에서 기초부터 배우고 함께 데뷔를 했다.

어린 동생들과 함께하는 것에, 그것도 늦은 나이에 아이돌이 되는 것에 사실 부끄러운 마음이 없던 것도 아니다.

하지만 최유진이 권했기에 겉으로 표현하지 않고 참으며 연습에 연습을 거듭해 아이돌이 되었다.

그러던 중 리더가 되어 더욱 열심히 노력을 하였다.

본래 그 없이 데뷔를 준비하던 아이들이기에 원래 리더의 자리는 그의 것이 아니었다.

그리고 그룹 리더의 자리는 절대 나이순으로 정해지는 것이 아니다.

물론 나이도 멤버들을 아우르는 중요한 요인이 되기는 하지만 절대적인 것은 아니다.

다른 일반적인 직종에서야 나이가 그 집단에 들어온 순서가 되기에 특별한 경우가 아니면 나이가 많은 사람이 높은 직급을 가진다.

하지만 연예계는 그렇지 않았다.

모두 같은 직종에 종사하기에 가장 중요한 것은 재능이었다.

배우면 배우로서 재능이 높은 사람, 가수라면 가수로서 재능이 더 좋은 사람이 인정을 받고 인기를 끌었다.

그런 관점에서 수현은 남들보다 늦게 시작은 했지만 빠르게 그들을 추월하며 정상에 올랐다.

남들과 다른 특별한 재능(시스템)이 있기에 가능한 것이었고, 또 거기에만 의지하지 않고 그만큼 노력을 하였다.

그랬기에 몇 년을 아이돌이 되기 위해 노력했던 로열 가드의 멤버들도 수현이 자신들의 리더가 되는 것에 동의를 했다.

만약 능력도 되지 않는데 킹덤 엔터의 간부들이 임의로 수현을 리더로 정했다면 아무리 회사의 결정이라고는 하지만 로열 가드의 멤버들은 쉽게 이를 받아들이지 않았을 것이다.

하지만 로열 가드의 멤버들은 수현이 리더가 되는 것에 아무런 반발도 하지 않았다.

그도 그럴 것이, 시작은 늦었을지 모르지만 자신들과 함

께 연습을 하는 과정에서 수현의 놀라운 능력을 두 눈으로 똑똑히 지켜보았기 때문이다.

트레이너들에게서 기초를 배우고, 그도 모자라 자신들에게 조언을 들어가면서 함께 연습을 했다.

그렇게 1주, 2주, 그리고 한 달이 넘어가면서 수현의 실력은 일취월장하여 급기야 자신들을 넘어섰다.

그랬기에 멤버들은 수현이 리더가 되는 것에 아무런 불만도 없었고, 또 이미 군대도 다녀오고 모든 면에서 자신들보다 월등하다 느껴 자신들의 리더로 수긍을 한 것이다.

그 뒤로도 수현은 많은 노력을 했다.

대선배이자 동경하는 최유진이 기뻐하는 모습을 보기 위해 참으로 많은 노력을 하였는데, 그중 하나 예를 들자면 아이돌 가수로서 데뷔를 했으면서도 연기자로서 자질이 있다는 말에 연기에도 도전을 했다.

처음 들어가는 드라마에 회사의 힘을 업고 조연에 발탁이 되었다.

물론 처음부터 비중이 있는 배역은 아니었다.

아이돌이고 신인인데 무슨 비중 있는 역할이 주어지겠는가? 하지만 수현의 노력으로 회가 거듭될수록 처음 기획과는 다르게 수현의 비중이 높아졌다.

잘생긴 외모와 원어민이라고 해도 믿을 수 있을 정도로 정확한 외국어 실력, 거기에 플러스알파로 맡은 배역이 지고지순한 사랑을 마음에 품고 희생하는 경호원 역할이다.

여주인공을 경호하는 경호원으로서 자신이 사랑한다는 것을 숨기고 그녀가 좋아하는 남자를 위해 대신 희생하는 역할은 여자들에게 로망을 안겨주었다.

아이돌 가수로서도 또 연기자로서도 그렇게 성공을 하였다.

그리고 그에 안주하지 않고 계속해서 활동 영역을 넓혀갔다.

처음 시작은 최유진의 권유로 그녀의 미소를 보기 위해 시작을 했다면, 이제는 많은 사람들이 자신을 좋아해 주는 것이 좋아 더욱 노력을 했다.

하지만 그동안의 노력이 스캔들 기사 한 번으로 흔들렸다.

자신을 영웅이라고 칭송하던 사람들이 어느 순간부터 손가락질을 하기 시작했다.

수현은 자신이 무슨 잘못을 했기에 손가락질을 하는 것인지 이해할 수가 없었다.

사람이 사람을 만나는 것이 죄가 되는 것인가? 도무지 상식적으로 이해할 수 없는 일이 벌어졌다.

그런데 웃긴 것은, 그런 것을 방송을 통해 이야기하니 더욱 많은 사람들이 자신을 욕한다는 것이다.

왜? 무엇 때문에 그렇게 화를 내고, 욕을 하는 것일까?

아무리 생각을 해도 답이 나오지 않았다.

너무도 비이성적이고 편향된 시선이다.

하지만 그것에 대해 화를 낼 수는 없었다.

왜냐하면 자신이 방송에 대고 자신을 향해 손가락질하는 사람에게 화를 낸다면, 자신과 함께 스캔들에 연루된 이들이 더욱 힘들어질 것이란 것을 알기 때문이다.

그래서 참았다. 하지만 결과적으로 참는 것이 자신이나 함께 스캔들에 휩쓸린 최유진에게 더 안 좋게 작용을 하였다.

최유진은 연예계 은퇴를 선언하고 병을 치료한다는 목적으로 한국에서의 생활을 정리하고 자식들을 데리고 미국으로 떠났다.

스캔들이 터지고 불과 몇 달 만에 벌어진 일이다.

수현은 자신만 중심을 잡고 있으면 괜찮아질 것이라 생각했다.

그렇게 한다면 손가락질하던 사람들도 정신을 차리고 올바른 판단을 내릴 것이라 생각을 했지만, 이제 와 그게 무슨 소용이란 말인가? 그가 연예인이 된 이유의 첫 번째는 누가 뭐라고 해도 최유진이었다.

안전이 확보된 상태에서 더 이상 최유진의 경호원으로 남아 있을 수 없었기에 그녀의 권유로 연예인이 될 생각을 했던 것이지, 원래 연예인이 되고 싶던 것은 아니다.

    그런데 지금 자신이 연예인이 될 생각을 하게 만들었던 주인공이 사라졌다.

    그 때문에 수현은 목적지를 가르쳐 줄 나침반을 잃은 배처럼 방황을 하는 것이다.

    "으아아악!"

    답답한 마음에 고함을 질러보았다.

    하지만 효과는 잠시뿐이었다.

    부우우웅!

    수현은 고함으로도 풀리지 않는 답답함에 액셀을 더욱 힘을 주어 밟았다.

Chapter 8
폭로

늦은 저녁 킹덤 엔터의 7층 사장실에는 아직도 불이 환하게 켜져 있었다.

사장실에는 회사의 장인 이재명과 전무인 김재원이 함께 자리하고 있었는데 그들의 표정이 무척이나 심각했다.

손에 든 서류를 읽던 킹덤 엔터의 사장 이재명은 순간 인상을 구겼다.

그가 이렇게 인상을 찌푸린 것에는 이유가 있었다. 서류에는 그간 알아본 여름부터 회사에 닥쳐온 악재의 이유가 적혀 있었다.

"그러니까, 이 새X들이 자신들의 치부를 덮기 위해 유진이와 수현이에 관한 찌라시를 남발했다는 말이야?"

믿고 싶지 않다거나 거짓이라는 말을 듣고 싶어 물어본 것이 아니었다.

지금 받아 든 정보가 얼마나 정확한지는 이재명 사장이 더 잘 알고 있다.

그도 그럴 것이, 지금 받아 든 정보의 출처가 너무나 확실한 곳이기 때문이다.

연예계에 종사를 하면서, 아니, 대한민국에서 기업을 일구고, 경영을 하고, 또 성공을 한다는 것은 무척이나 어려운 일이다.

성공을 하기 위해선 남보다 특별한 것이 있어야 하는데, 그중 가장 중요한 것이 바로 정보다.

정보. 옛말에도 있지 않은가? '아는 것이 힘이다'.

이와 반대되는 말로 '아는 것이 병이다' 하는 말도 있기는 하지만, 그것은 정보를 듣고 그것을 활용할 힘을 가지고 있지 못할 때에나 맞는 말이지, 언제나 통하는 말은 아니다.

성공한 이들은 정보를 자신에게 유리하게 이용할 줄 아는 능력과 힘을 가지고 있었다.

이재명 또한 마찬가지다. 킹덤 엔터를 이만큼 키우기 위해선 그만큼 노력과 준비를 하였고, 또 그것을 적재적소에 분배할 수 있게 정보를 가지고 있었다.

물론 그 정보의 출처는 이재명 사장이 가지고 있는 것이 아니라 정보 상인에게서 취득한 것이다.

현대사회에는 다양한 직업들이 있고, 그중에는 남들이 흔히 접하는 그런 직업이 있는가 하면, 남들은 잘 알지 못하지만 특별한 사람들끼리만 은밀히 이용하는 직업도 있다.

예를 들면 킬러, 즉, 살인을 대행해 주는 직업이다.

내 손으로 적을 죽이기에는 남들의 시선이 두려울 때, 자신을 대신해 살인을 해주는 것이다.

그와 비슷하게 필요한 정보를 가져다주는 그런 직업도 있다.

정보 상인도 그런 종류 중 하나다.

이재명 사장은 별거 아닌 스캔들 기사가 이만큼 커질 수 있었던 데는 뒤에서 누군가 야료를 부린 때문이라고 생각했다.

처음에는 자신과 킹덤 엔터의 발전에 배가 아픈 동종업체 중 누군가가 벌인 일이라 생각했다.

연예계에서 아주 흔한 일이기 때문이다.

하지만 그렇다고 하기에는 너무도 오래 지속적이었다.

시간이 지나면서 소문이란 것은 다른 이슈에 묻히는 것이 정상인데, 최유진과 수현에 관한 스캔들은 근거도 약한데도 벌써 몇 달을 이어가고 있었다.

이에 이재명은 더욱 금액을 올려 정확한 정보를 알아내길 원했고, 그 결과가 지금 손에 들린 것이다.

"역시 정치권에서 자신들의 치부를 덮기 위해 우리를 이

용한 것이 맞았습니다."

김재원 전무는 침중한 표정으로 말을 꺼냈다.

집권 여당의 중진 의원이 자신이 연루된 스캔들을 덮기 위해 가장 잘나가는 톱스타인 수현과 최유진을 엮어 대중들의 관심을 돌리려고 지속적으로 여론 조작을 했던 것이다.

초선 국회의원도 아니고, 여당의 중진 의원이 나서서 힘을 쓰니 언론사들도 앞다투어 두 사람의 스캔들에 초점을 맞추고 연일 보도를 한 것이다.

쾅!

내막을 알게 된 이재명은 분노가 치밀어 주먹으로 테이블을 내려쳤다.

하지만 끓어오르는 분노로 인해 주먹에 밀려드는 통증을 느끼지 못했다.

덜컹.

이재명 사장과 김재원 전무가 내막을 알게 돼 분노하고 있을 때, 갑자기 사장실 문이 열렸다.

"사장님."

"무슨 일이야?"

노크도 없이 급하게 사장실로 뛰어든 사람은 전창걸 부장이었다.

수현이 속한 로열 가드의 총괄 매니저인 그는 급한 표정으로 사장인 이재명을 쳐다보며 말을 하기 시작했다.

"수현이가 잠적했습니다!"

"뭐!"

"그게 무슨 소린가? 수현이 잠적을 하다니?"

너무도 충격적인 소식이 들어오자 이재명과 김재원 전무가 소리쳤다.

몇 달 동안 계속된 스캔들 때문에 힘들어하는 것 같아 스케줄에서 빼서 휴식을 주었는데, 잠적을 했다니 놀란 것이다.

"조금 전 로열 가드 멤버 중 임시 리더 역할을 하고 있는 정수에게서 연락이 와서 숙소에 다녀왔는데……."

전창걸은 로열 가드의 스케줄을 마치고 숙소로 데려다준 뒤 회사로 오던 중 연락을 받고 다시 로열 가드의 숙소로 갔었다.

그런데 숙소에 도착을 하니 멤버들의 표정이 좋지 못했다.

원인을 알아보니 수현이 숙소를 나갔다는 것이다.

그것도 며칠 바람을 쐬고 오겠다는 말만 남기고 나갔다는 것이었다.

이에 급히 수현의 휴대폰으로 전화를 해보았지만 휴대폰은 꺼져 있었다.

이 때문에 전창걸은 멤버들에게 자세한 상황을 물어보았다.

멤버들은 자신들이 숙소에 돌아왔을 때 목격한 수현의 상태에서부터 숙소를 빠져나갈 때까지의 상황을 하나도 빼놓지 않고 이야기하였다.

그런 멤버들의 이야기를 모두 들은 전창걸은 급하게 수현이 갈 만한 곳이나 만났을 만한 사람들을 알아보았지만 어느 곳에서도 수현의 행방을 알아내지 못했다.

그 때문에 급하게 회사로 달려와 보고를 하는 것이다.

총괄 매니저 정도면 자신이 맡고 있는 연예인의 행방 정도는 꿰고 있어야 함에도 불구하고 수현의 행방을 알지 못하는 전창걸이 할 수 있는 최선이었다.

이로 인해 어떤 처벌이 있을 수도 있겠지만 이는 자신의 잘못이니 달게 받을 생각이었다.

하지만 우선은 숙소를 빠져나간 수현의 행방을 찾는 것이 급했다.

아직도 수현의 일거수일투족을 추적하는 기자들이 도처에 깔려 있는데, 이렇게 수현이 잠적했다는 것이 알려지면 이는 굶주린 맹수에게 먹잇감을 던져 준 꼴이 될 것이다.

아무런 근거도 없는 이 상황에서도 스캔들은 진정될 기미가 보이지 않고 계속되고 있는데, 만약 이 소식이 외부에 알려진다면 보지 않아도 결과가 뻔했다.

"하, 안 그러던 수현이까지 왜 이러냐."

이재명 사장은 한숨을 쉬며 작게 중얼거렸다.

그런 이재명 사장의 넋두리를 들은 전창걸이 조심스럽게 입을 열었다.

"오늘 최유진 씨가 떠나는 날이었지 않습니까?"

"⋯⋯?"

"아이들 말로는 배웅을 다녀왔다고 하는데, 아마도 그 때문인 것 같습니다."

"으음."

이재명은 전창걸의 말에 작게 신음을 하였다.

수현과 최유진의 관계가 보통 친한 동료 연예인의 관계와는 다르다는 것을 알고는 있었다.

이는 보고를 받은 것은 아니지만 둘의 모습만 봐도 알 수 있는 일이다.

그렇다고 두 사람의 행동이 스캔들 기사에 나오는 것과 같은 남녀 간의 연애는 아니었다.

깊은 내막은 당사자가 아니기에 알 수는 없었지만 옆에서 지켜본 바에 따르면 그것과는 미묘하게 결이 달랐다.

그러하였기에 이재명은 정보 상인을 통해 스캔들의 내막을 조사하게 한 것이지, 만약 정말로 두 사람이 그런 관계라고 느꼈다면 조사를 시키지 않고 그냥 묻어버렸을 것이다.

왜냐하면 이재명이 이용하는 정보 회사는 이재명만을 위해 일해 주는 곳이 아니기 때문이다.

조사 과정에서 취득한 정보는 누구나 돈만 있으면 살 수 있었기에 괜히 자신의 회사에 소속된 연예인의 약점이 외부에 노출될 위험까지 감수할 필요는 없었다.

물론 약점이 있다면 그것을 알고 있는 게 약점을 방어하는 데 도움이 되기도 하지만, 현재 상황에서는 그런 것이 전혀 도움이 되지 않는다.

방어해야 될 약점이 없음에도 이미 스캔들로 떠들썩하게 사람들 입에 오르내리는 중이니 말이다.

그리고 역시나 생각했던 대로 신뢰도 95%를 자랑하는 그 정보 회사에서 보내온 자료에도 최유진과 수현에 관한 정보는 깨끗했다.

그런데 최유진이 미국으로 떠난 오늘 수현의 상태가 이상해지고, 또 밤늦게 숙소를 이탈했다는 이야기에 이재명은 자신이 생각하는 것보다 두 사람의 연대가 더 *끈끈했음*을 알게 되었다.

"혹시 우리가 모르는 것이 있나?"

옆에서 전창걸의 이야기를 모두 들은 김재원 전무가 물었다.

"그런 것은 없습니다. 제가 알고 있는 사실을 모두 말씀드린 것입니다. 다만……."

전창걸은 대답을 하다 말고 잠시 김재원 전무를 쳐다보았다.

"다만, 뭔가? 계속 이야기를 해보게."

이재명 사장도 이야기를 듣다 전창걸이 뭔가 이야기를 하려다 망설이는 것을 보며 재촉했다.

그러자 전창걸은 마지못해 이야기를 이었다.

"그동안 제가 보아온 수현은 로열 가드의 리더로서뿐만이 아니라 자신의 발언이나 행동에 언제나 책임을 지려는 모습을 보여왔습니다."

전창걸은 그동안 로열 가드의 총괄 매니저를 하면서 자신이 보아온 수현의 모습에 관해 이야기하였다.

"그렇지. 처음 그를 유진이의 경호원으로 채용할 때도, 유진이의 곁에서 경호원으로 일하던 그의 모습은 언제나 진중하고 또 책임감이 강했었어."

이재명 사장은 수현의 성격에 대해 이야기하는 전창걸의 말에 수긍을 하였다.

"최유진 씨가 비록 여성이기는 하지만, 수현에게는 믿고 따르는 우상과도 같은 존재였던 것 같습니다."

전창걸은 수현이 최유진을 어떻게 생각하고 있는지 자신이 생각하는 바를 두 사람에게 이야기하였다.

"사장님께서나 전무님께서 알고 계실지는 모르겠지만, 저도 우연한 기회에 수현에게서 들은 이야기인데……."

목소리 톤을 살짝 낮춘 전창걸은 조심스러운 모습으로 이야기를 계속했다.

"사실 수현이는 연예인에 대해 그리 긍정적이지 않았다

고 합니다."

"응? 그게 무슨 소린가?"

"……?"

이재명 사장과 김재원 전무는 계속되는 전창걸 부장의 말에 눈을 동그랗게 뜨며 물었다.

그도 그럴 것이, 연예인에 대해 긍정적이지 않은 사람이 연예인이 되고 또 끼를 발산해 스타가 된다는 것은 그들의 상식에서 도저히 있을 수 없는 일이기 때문이다.

하지만 전창걸의 설명을 들은 뒤로는 그 말을 이해할 수 있었다.

"이 일은 사장님도 들어 아시겠지만, 수현이 마지막으로 사귄 여자 친구가 수현이 군대에 있을 때……."

수현이 안선혜에게서 차였을 때의 이야기를 듣고 이재명이 고개를 끄덕였다.

하지만 김재원 전무는 처음 듣는 이야기였는지 놀란 눈으로 이야기를 하는 전창걸과 그 말에 수긍을 하는 이재명 사장을 돌아볼 뿐이다.

"그런데 최유진 씨의 권유로 모델을 하고, 또 그녀가 재능이 있다며 연예인이 되어보라는 말을 했기에 연예인이 되었다고 합니다. 즉 최유진 씨에 대한 믿음이 있었기에 부정적인 생각을 접고 연예계로 발을 디딘 것이라 했습니다."

"아!"

전창걸의 이야기를 모두 듣고 나자 김재원 전무는 오늘 최유진이 미국으로 떠나고 숙소로 돌아갔던 수현이 잠적한 이유가 어느 정도 이해가 되었다.

그래서 그런지, 처음 수현이 잠적했다는 이야기를 들었을 때 들었던 배신감은 어느새 사라지고 수현에 대한 걱정이 그 자리를 대신했다.

그건 이재명 사장 또한 마찬가지다.

솔직히 이재명에게 최유진은 그저 자신이 키운 연예인 그 이상이었다.

최유진의 연습생 시절부터 사장인 동시에 매니저 일까지 동시에 하며 고락을 함께하여 지금까지 왔다.

그렇기 때문에 킹덤 엔터의 역사는 바로 최유진과 자신의 역사인 것이다.

어떻게 보면 이재명에게 있어서 최유진은 피는 섞이지 않았지만 딸과도 같은 존재였다.

그러하였기에 그녀가 이혼을 하고 흔들렸을 때, 함께 고민하고 우울증 치료를 하자고 권했던 것이다.

만약 그가 최유진을 그렇게 생각하지 않고 일반적인 기획사 사장과 소속사 연예인으로, 즉, 계약관계로 보았다면 최유진이 그러한 약점을 보이는 순간 어떻게든 그녀를 옭아매려고 했을 것이지만 이재명은 그렇지 않았다.

킹덤 엔터에 속한 다른 연예인과 다르게 최유진은 그에게 더 특별한 존재였다.

그렇기에 최유진이 이번 스캔들에 시달리다 못해 은퇴를 결정했을 때도 그녀의 뜻에 따라주었다.

다만, 우울증을 치료한 다음 회사로 돌아와 연예인이 아닌 회사의 일원으로서 그동안 연예계에 있으면서 익혔던 노하우를 후배들에게 가르쳐 달라는 조건을 걸었다.

이는 회사를 위하는 말처럼 들렸지만 사실은 모두 최유진을 위한 일이었다.

어려서부터 기획사에 들어와 연예인이 되었다.

연예인이 아니었을 기간보다 연예인으로 활동을 한 시간이 더 긴 최유진이기에 이 일이 아닌 다른 일을 한다는 것은 있을 수 없었다.

연예인들이 인기가 떨어지고 스타의 자리에서 내려와 은퇴를 한 뒤 극심한 우울증에 시달리고 또 극단적인 선택을 하는 경우가 많은 이유도 그런 것에 있었다.

화려한 삶을 살았던 사람이 평범한 일상을 산다는 것은 맞지 않는 옷을 입은 것 이상으로 불편하고 정신적으로 스트레스를 받기 때문이다.

이재명은 그것을 걱정하는 것이다.

이재명이 이렇게 자신이 키운 최고의 스타였던 최유진에 관한 걱정을 하고 있을 때, 김재원과 전창걸은 잠적한 수현을 걱정했다.

그들에게는 수현이 바로 이재명에게 있어서의 최유진과 같은 존재이기 때문이다.

비록 그 시작은 같지 않았지만 수현을 지금의 자리에 오르도록 물심양면으로 길을 닦은 사람들이 이들이기 때문이다.

＊　　　＊　　　＊

주변에는 불빛도 별로 없어 서울과 다르게 밤하늘에 별들이 참으로 많이 보였다.

그 아래 어두운 밤바다.

쏴아. 쏴아.

잔잔한 파도 소리가 어머니의 자장가처럼 모든 근심을 씻어내듯 수현의 귀를 울렸다.

멍하니 밀려드는 파도를 모래사장에 앉아 지켜보노라면 저 바다 멀리서 누군가 자신을 부르는 듯한 느낌을 받았다.

하지만 수현은 그것이 심상이 흔들린 사람들을 유혹하는 밤바다와 달빛이 만들어낸 마력이란 것을 잘 알고 있어 그 유혹에 넘어갈 생각은 없었다.

동경하던 최유진이 떠난 것 때문에 마음이 심란하기는 하지만 생을 버릴 정도로 망가진 것이 아니었다.

그저 혼란스럽고 그동안 정신없이 달려온 것에 대한 정리가 필요해 숙소를 빠져나와 혼자 이렇게 늦은 밤 바닷가를 찾은 것이다.

그렇게 혼자 몇 시간 잔잔하게 밀려드는 파도를 보며 있자니 근심 걱정이 모두 사라지는 것 같았다.

아니, 느낌만 그런 것이 아니라 복잡하고 혼란했던 생각들이 정리가 되었다.

"그래, 내가 왜 내 결백을 증명해야 하는 거지? 그것들은 모두 내 사생활 아닌가?"

수현은 지금까지 자신과 관련된 스캔들에 대해 결백을 증명하려고만 했었다

하지만 그가 어떠한 변명을 해도 기자들이나 사람들은 그 말을 믿으려 하지 않았다.

그저 자신들이 듣고 싶은 말이 나올 때까지 윽박지를 뿐이었다.

그 때문에 지친 최유진은 호전되던 우울증이 악화되고, 그 때문에 연예계에서 은퇴하고 도망치듯 이 땅을 떠났다.

명목은 이혼의 후유증으로 인해 발생한 우울증이 심해져 연예계 활동을 하지 못할 정도라 병을 치유하기 위해 환경적으로 조금 더 나은 미국을 선택했다는 것이다.

하지만 누가 봐도 그것은 도피였다.

물론 그렇게 몰고 간 것은 언론과 팬들이다.

그럼에도 그들은 여전히 최유진이 한국을 도피하듯 떠났다는 것에만 포커스를 맞추고 그녀와 수현을 비난할 뿐이었다.

수현은 이러한 답답한 현실에 어떻게 해야 할지 갈피를 잡지 못하다 이곳에 온 것이다.

그러나 장시간 정신을 놓고 파도를 보다 보니 그동안 자신이 고민했던 일들이 모두 사서 고생이었다는 것을 깨달을 수 있었다.

그들이 무엇을 믿고 싶어 하고, 무엇을 듣고 싶어 하든 굳이 그가 나서서 변명을 할 필요가 없었다.

생각이 정리가 되자 수현은 꺼놓았던 휴대폰의 전원을 다시 켰다.

그냥 바람 좀 쐬고 온다고만 하고 숙소를 나왔으니 멤버들이 걱정할 거란 생각이 들었기 때문이다.

"정수냐? 형인데……."

자신을 대신해 임시 리더 역할을 하고 있는 박정수에게 전화를 한 수현은 숙소를 나올 때와 달리 어느 정도 고민을 해결했기에 한결 시원한 목소리로 사정을 설명하였다.

"그래서 며칠 여행 좀 하다 돌아갈게. 그렇게 알고 있어."

박정수와 통화를 마친 수현은 이번에는 로열 가드의 총괄 매니저인 전창걸에게 전화를 걸었다.

현재 늦은 시각이었지만, 이 시간까지도 자신이 연관된 스캔들을 해결하기 위해 잠들지 못했을 거다 싶어 미루지 않고 바로 전화를 거는 것이다.

그리고 어쩌면 자신이 아무런 말도 없이 숙소를 빠져나갔다는 것을 이미 전해 듣고 행방을 찾고 있을지도 모른다는 생각도 들었다.

그렇기에 더 늦기 전에 자신이 무사하다는 것을 알리고 걱정을 덜어주기 위해서이기도 했다.

"네, 죄송해요. 머리가 좀 복잡해 생각 좀 정리하려고 나왔습니다."

전화를 받은 전창걸의 목소리가 휴대폰 너머로 크게 들린다.

호통을 치고 있지만 자신을 걱정하고 있다는 것이 여실히 느껴지는 목소리였다.

"걱정하지 마세요. 며칠만 있다 돌아가겠습니다."

그렇게 자신을 걱정하는 전창걸과의 통화도 끝내고 이번에는 부모님께 전화를 걸었다.

본래 가장 먼저 부모님께 자신의 무사함을 알렸어야 하지만, 부모님이 자신을 이해하지 못하진 않을 거란 생각에 일단 계약으로 묶여 있으면서 자신에게 영향을 가장 많이 받을 로열 가드 멤버들에게 연락을 하고 뒤이어 담당 매니저인 전창걸에게 연락을 해 회사와의 얘기를 먼저 끝낸 것이다.

부모님과도 통화를 마친 수현은 이제는 홀가분한 상태로 주어진 시간을 즐기기로 했다.

데뷔 이후 바쁘게 달렸다. 다른 사람들의 기대에 부응하기 위해 정말로 쉬지 않고 달렸다.

물론 중간에 잠깐씩 휴식 시간이 주어지긴 했지만 다른 연예인들과 비교를 하면 수현은 그리 많은 휴식 시간이 주어진 것은 아니었다.

아이돌로서 활동도 해야 하고, 또 가수 활동이 끝나면 자신을 찾는 드라마나 예능에도 출연을 해야 했다.

뿐만 아니라 모델로서도 상당한 인지도를 가지고 있는 수현은 광고뿐만 아니라 화보 촬영도 하였다.

이제 겨우 데뷔 3년차라고는 믿기지 않을 정도로 많은 스케줄이었다.

또 회사에서 기획하는 콘서트와 해외 활동도 병행하다 보니 수현은 다른 어떤 멤버들보다도 바쁘게 지냈다.

그런 면에서 보면 이번 스캔들이 수현에게는 뜻밖에도 쉴 수 있는 시간을 준 것이다.

"회사에도 말을 했으니 이번 기회에 지방 맛집 탐방이나 하고 돌아가야겠다."

어느 정도 마음의 짐을 덜어내고 자리에서 일어난 수현은 잔재마저 털어내려는 듯 중얼거리며 주차장에 세워둔 자신의 애마를 향해 걸어갔다.

*　　　　*　　　　*

웅성웅성.

한 달 전 킹덤 엔터의 최고 스타인 최유진이 이 자리에서 기자회견을 했었다.

대한민국을 달구고 있는 스캔들의 주인공 중 한 명인 그녀가 긴급 기자회견을 자처했을 때 기자들은 스캔들에 관한 해명을 하려 한다고 생각을 하였다.

하지만 기자들의 생각과 다르게 그녀는 해명이 아닌 연예계 은퇴라는 엄청난 폭탄선언을 하고 이 땅을 떠났다.

설마 톱스타 최유진이 이혼의 후유증을 겪고 있을 것이라고는 아무도 짐작치 못했다.

실제로 그녀의 병원 기록과 담당 의사의 소견서를 보았으면서도 쉽게 믿으려 하지 않았다.

그도 그럴 것이, 그녀가 이혼을 한 것도 벌써 3년 전이었다.

그런데 아직도 우울증 치료를 받고 있었다는 이야기와 그 기간 동안 그녀가 활동을 지속해 왔다는 것을 이유로 기자들은 물론이고 그녀의 팬들도 믿으려 하지 않았다.

어쩌면 인정하고 싶지 않기 때문인지도 몰랐다.

아시아의 여왕이란 닉네임까지 팬들로부터 얻었던 그녀가 사실은 우울증에 걸렸었고, 잘 치료를 하고 있었는데 자신들이 망쳐 버렸다는 사실을 말이다.

이곳에 모인 기자들 중 일부는 그런 생각에 약간의 죄책감을 느끼고 혹시 또 누군가 그녀와 같은 선택을 하려는 것은 아닌가 하는 걱정도 함께 가지면서 조심스러운 눈빛으로 기자회견을 기다렸다.

"나온다!"

누군가의 외침이 들리고 기자들의 시선이 로비 한곳으로 쏠렸다.

그곳에선 킹덤 엔터의 사장인 이재명과 로열 가드의 리더 수현이, 그리고 그 옆으로 최유진의 은퇴 기자회견 당시 함께 자리했던 킹덤 엔터의 변호사가 함께 걸어오고 있었다.

조은일보의 조용환 기자는 굳은 표정으로 그 광경을 지켜보았다.

최유진의 은퇴 기자회견 당시에 보았던 인물이 수현과 함께 나타난 것에 적잖이 당황하고 있었다.

조금 전 수현의 모습이 보이기 전 가졌던 우려가 현실로 나타나는 것만 같았기 때문이다.

한 달 전 있었던 최유진의 은퇴 기자회견이 데자뷔처럼 다가왔다.

"안녕하십니까?"

단상에 나온 이재명은 앞에 모인 기자들을 보며 말문을 열었다.

"불과 한 달도 되지 않은 시간에 또다시 만나게 되었군요."

하기는, 연예인도 아니고 기획사 사장이 이렇게 많은 기자들을 만날 일이 얼마나 있겠는가? 그런데 한 달도 되지 않아 다시 회사에서 기자회견을 하게 되었으니 킹덤 엔터의 사장으로서 이 일이 기분 좋지만은 않았다.

좋은 일로 기자회견을 할 수 있다면 그 얼마나 좋은 일이겠느냐마는 한 달 전에도, 그리고 오늘 있을 기자회견도 결코 좋은 의미로 하는 기자회견이 아니었다.

"오늘 기자회견을 하는 목적은……."

막 기자회견을 하는 목적을 이야기하려던 이재명은 잠시 말을 멈추고 앞에 모인 기자들을 돌아보았다.

연예 기획사를 운영하는 대표라고 보기 힘들 정도로 적의가 담긴 모습이었다.

연예 기획사와 기자들의 관계는 악어와 악어새와 같은 공생의 관계다.

아니, 엄밀히 따지면 기획사보다는 언론을 다루는 기자들이 더 우위에 있는 입장이었다.

그러다 보니 기획사를 운영하는 이재명의 입장에선 기자들을 그런 적대적인 시선으로 보는 것은 더 이상 회사 운영을 하지 않겠다는 말과도 같은 행동이었다.

하지만 이재명은 현재 자신의 기분을 한껏 눈에 담아 기자들에게 향했다.

"오늘 기자회견을 하는 목적은, 그동안 떠들썩했던 저희

킹덤 엔터 소속의 연예인이 연관된 스캔들이 어떤 세력이 목적을 가지고 조작한 것이었음을 알리기 위한 것입니다."

웅성웅성.

찰칵찰칵.

이재명 사장의 말이 떨어지기 무섭게 기자들은 웅성거리며 카메라의 셔터를 누르기 시작했다.

그도 그럴 것이, 방금 전 이재명 사장의 이야기는 톱스타 최유진이 은퇴를 한 것도, 그리고 최고의 아이돌 그룹인 로열 가드의 리더 수현이 다른 멤버들과 떨어져 홀로 활동을 중단한 것도 모두 누군가의 조작으로 인해 벌어진 결과한 소리다.

그리고 그 말은, 자신들이 누군가에 의해 놀아났다는 소리이기도 했다.

다른 것은 차치하더라도 기자로서 자신들이 누군가의 조작에 의해 꼭두각시처럼 움직였다는 것에 자존심이 상했다.

때문에 이재명 사장의 이야기를 들은 기자들 중 일부는 그 말을 믿으려 하지 않았다.

자신들이 누구보다 똑똑하다고 믿는 그들은 감히 누가 자신들을 속일 수 있을까라는 오만한 생각에 소리쳤다.

"증거가 있는 말씀입니까?"

"지금 사태를 회피하려 말도 안 되는 변명을 하시려는 겁니까?"

여기저기서 질문이 쏟아졌다.

그런 기자들의 반응에 이재명 사장은 손에 쥔 서류 뭉치를 들어 보였다.

"여기 이것이 바로 제가 말하는 이야기를 증명하는 증거입니다."

웅성웅성.

이재명 사장이 증거를 내놓자 기자들 속에서 조금 전보다 더 큰 웅성거림이 일었다.

"이렇게 명백한 증거가 있는데도 얼마 전 모 기자는 또다시 아무런 증명도 되지 않았음에도 여기 있는 정수현 군을 음해하는 기사를 냈습니다. 그저 친분 있는 연예계 선배가 은퇴하고 치료차 외국으로 나가는 것을 배웅한 것뿐임에도 말입니다."

디스팩트의 조지훈 기자가 수현이 미국으로 떠나는 최유진을 배웅한 것을 가지고 다시 한번 스캔들을 조장한 것에 대한 이야기였다.

"연예인은 아는 사람이 먼 곳으로 떠나는 것을 배웅하면 안 되는 것입니까? 이것을 가지고 꼭 스캔들로 몰아가는 것이 기자들의 본분을 지키는 것입니까?"

이야기하면서 다시 한번 감정이 격해진 것인지 이재명은 어금니를 굳게 물며 말을 하였다.

가만히 잠자코 이재명 사장이 하는 이야기를 듣고 있던

수현이 마이크를 잡고 일어났다.

"제가 기자님들께 한번 물어보겠습니다."

웅성웅성.

수현이 갑자기 자리에서 일어나 자신들에게 질문을 하겠다고 나서자 기자들이 웅성거렸다. 과연 무슨 말을 할지 이목이 집중된 가운데, 수현이 의미심장하게 말을 꺼냈다.

"여기 대한민국은 자유 민주주의 나라입니까? 아니면 저기 북한처럼 사회주의 국가입니까?"

이재명 사장과는 다르게 너무도 담담한 수현의 질문에 기자들 어느 누구도 쉽게 대답을 하지 못했다.

아무런 감정이 섞이지 않은 수현의 질문 속에서 오히려 이재명 사장이 했던 말 이상의 분노가 느껴진 때문이다.

"대한민국 헌법에 대한민국 국민은 누구나 행복을 추구할 수 있는 권리를 가지고 있습니다."

뜬금없는 헌법 이야기에 기자들은 눈을 동그랗게 뜨며 말을 하는 수현을 주시했다.

"단, 거기에는 예외가 있는데, 그것은 다른 사람의 권리를 침범하지 않아야 한다는 것입니다."

잠시 하던 말을 멈추고 또다시 기자들을 쳐다본 수현은 깊게 숨을 들이마셨다가 뱉고 다시 이야기를 이어갔다.

"그것은 연예인이라고 다르지 않습니다. 연예인은 직업이고, 연예인을 직업으로 가진 사람들도 행복을 추구할 권리가 있다는 것입니다. 그런데 어떻습니까? 연예인이란 이유만으로 그들은 사생활도 없는 감시 속에 살고 있습니다. 그들이 누구를 만나고, 무엇을 먹고, 어디를 가던 감시의 눈길은 끊이지 않습니다. 그리고 그것을 마치 권리인 양 떠들며 강요하고 있습니다."

수현이 기자들의 도가 넘는 취재가 사생활까지 침범하는 일을 꼬집자 기자들 속에서 누군가 소리쳤다.

"지금 국민의 알 권리를 잘못이라고 주장하시는 겁니까?"

기자들의 만능 키와 같은 국민의 알 권리가 터져 나왔다.

"지금 말씀하신 분은 어디서 나오신 분인지 신분을 밝혀 주시기 바랍니다."

수현은 자신을 향해 고함을 지른 기자를 똑바로 쳐다보며 물었다.

"중선일보의 김○○ 기자입니다."

자신의 신분을 밝힌 기자는 대답을 기다리며 수현을 쏘아보았다. 수현의 말이 정말로 지나치다고 여기는 때문이었다.

그런 기자의 모습에 수현은 잠시 그 기자를 주시하다 대답하였다.

"그 알 권리라는 것이, 다른 사람의 사생활까지 알아야 한다는 것입니까? 도대체 그 알 권리라는 것은 누가 어떻게 준 것입니까? 조금 전에 제가 대한민국 헌법을 언급했습니다. 국민의 알 권리라는 것은 이런 것에 적용하는 것이 아니라고 생각합니다."

수현은 자신의 생각을 그대로 말했다.

하지만 중선일보의 기자는 아직도 자신의 신념을 바꿀 생각이 없는지 다시 물어왔다.

"정수현 씨는 공인이지 않습니까? 공인으로서 어떻게 국민의 권리를 그런 식으로 말할 수 있는 것입니까?"

또 나왔다. 이번에는 연예인에 대한 공인이란 언급이었다.

"하. 기자님, 지금 저를 보고 공인이라고 말씀하셨습니까?"

"……?"

조금 전과는 다른, 상당히 비웃는 투가 여실히 묻어나는 말이었기에 일어서 있던 중선일보의 기자는 당황한 표정으로 수현을 쳐다보았다.

"우리 대한민국 국어사전에 공인이라는 것은 공적인 일을 하는 사람이라고 나와 있습니다. 조금 더 의미를 확대하자면, 국가 공무를 보는 공무원과 국회의원 등 공공의 이익을 위해 일하는 존경을 받을 만한 사람이라고 나와 있습니다. 그런데 거기 어디에 연예인이 속하는 단어나 낱말이 있습니까?"

수현은 국어사전의 뜻을 인용해 기자에게 물었다.

그러면서 다시 자신이 속한 연예인에 관한 항목도 말했다.

"연예인은 그 단어에서도 보듯 예인입니다. 공인이 아니고 예인인 것입니다. 자신의 재주를 필요로 하는 사람이나 단체에 제공을 하고 그에 대한 대가를 받는 사람인 것입니다."

말이 길어지자 입술이 마른 수현은 잠시 숨을 고르며 입술을 축였다.

"유명인과 공인을 분간하지 못하는 것은, 그리고 개인의 사생활을 들추는 것은 정작 공인인 기자들이 할 행동이 아니라 봅니다."

웅성웅성.

수현의 이야기가 계속될수록 기자들은 눈을 크게 뜨며 놀랐다.

그동안 한 번도 생각해 보지 못한 이야기였기 때문이다.

그리고 자신들에게 공인이라 하는 수현의 말뜻을 이해할 수 없었다.

어느 누구도 자신들에게 그런 이야기를 한 사람이 없었기 때문이다.

기자들은 프라이드가 높은 만큼 자신들이 하는 일에 무척이나 큰 자부심을 가지고 있었다.

하지만 사회부나 정치부 기자도 아니고, 연예인들의 스캔

들이나 쫓는 연예부 기자들에게 그런 것을 찾는 이는 아무도 없었다.

연예부 기자들이야 자신들도 기자라고 주장하지만 다른 부처의 기자들이나 국민들의 시선은 그렇지 않았다.

물론 그것이 잘못되었다는 것은 아니다.

모두 자신들이 자처한 일이지만, 이렇게 팩트를 꼬집어 말하는 이는 없었기에 무척이나 신선하게 들렸다.

"기자님들은 말씀하시죠. 펜은 칼보다 강하다."

언론인들이 흔히 외압에 맞서 싸울 때, 혹은 대중에게 자신들을 알릴 때 흔히 사용하는 문구다.

수현은 그런 언론인들이 자신들을 대표하는 단어처럼 사용하는 문구를 언급했다.

"맞는 말입니다. 손에 든 칼은 잘못 사용했을 때, 소수의 피해를 입힙니다. 하지만……."

마지막 '하지만'이란 말을 할 때 수현은 강한 어조로 이야기하며 기자들을 부릅뜬 눈으로 쳐다보았다.

"여러분들 손에 쥔 펜을 잘못 사용하면 작게는 한 사람의 인생을 구렁텅이로 몰아넣을 수도 있고, 또 크게는 여러 사람의 정신에 큰 영향을 줄 수 있습니다."

"헉!"

신입 기자 시절 선배 기자들에게 들었던 이야기와 일맥상통하는 말을 듣게 되자, 조금 전까지만 해도 수현에 대해 삐뚤어진 시선으로 보고 있던 기자들은 순간 당황했다.

당시 신입 기자로서 선배에게 저와 비슷한 조언을 들었을 때는 그저 기자의 사명이라 생각하고 가슴에 품었더랬다.

하지만 시간 앞에 불변하는 것은 없다고 했던가? 세월이 흐르면서 가슴에 품었던 기자로서의 사명도 현실과 타협하면서 중립을 지켜야 할 펜의 중심이 한쪽으로 편향이 되었다.

알면서도 그렇게 할 수밖에 없었고, 그것도 시간이 흐르면서 무감각해졌다.

그런데 지금 동료 기자도 아니고 선배 기자도 아닌, 일개 연예인이 자신들의 사명에 대한 언급을 하는 것이다.

처음에는 연예인이 그런 생각을 했다는 것이 놀라웠다.

하지만 곧바로 든 두 번째 생각은 분노였다.

'연예인인 네가 뭘 알고 그렇게 입바른 소리를 하느냐'라는 생각이었다.

하지만 조금 더 시간이 지나면서, 자신이 처음 기자로서 선배 기자로부터 조언을 들었을 때를 되돌아보니 마지막으로 드는 생각은 부끄러움이었다.

기자로서 본분을 망각하고 현실과 타협을 한 지금의 모습에서 처음 기자가 되었을 때 품었던 자신의 포부를 떠올리며 한없이 부끄러워졌다.

사회 부조리를 캐고, 사회에 공헌을 하는 사람이 되겠다며 기자가 되었던 것이 엊그제 같은데, 어느새 자신은 그런

초심을 잃고 돈에 눌리고 술에 취해 펜을 들고 있었다.

물론 이 자리에 있는 모든 기자들이 그런 반성을 하는 것은 아니었다.

나이가 들면 지식이 쌓이고 지혜가 높아지는 것이 아니고, 뻔뻔해지는 사람들이 있다.

그리고 그와 비슷하게 '내로남불'이라고, 내가 하면 아름다운 로맨스고 남이 하면 추잡한 불륜이라는 마인드를 가진 이들이 참으로 많았다.

이 자리에도 그런 기자가 있었다.

그 대표적인 사람이 바로 조금 전 수현의 말에 쌍심지를 켜고 큰 목소리를 냈던 중선일보의 기자였다.

'오지랖도 풍년이네.'

수현의 말에 동조의 뜻을 보이는 기자들 속에서 혼자 화를 낼 수도 없기에 그는 속으로 생각하며 수현을 노려보았다.

어떻게 하든 약점을 잡아 그를 시궁창으로 처박고 싶었다.

하지만 그는 알지 못했다. 그런 생각도 자신의 잘못을 알고 부끄러워하면서도, 그것을 다른 사람에게 들켰다는 불안감으로 인해 일어나는 왜곡된 생각임을 말이다.

이렇게 기자들이 수현의 일침에 뭔가 느끼고 있을 때, 수현은 계속해서 말을 이어갔다.

기자들이 자신의 말을 듣고 뭔가 깨달은 듯하자 이제 분위기 전환을 할 때란 것을 본능적으로 알아챈 것이다.

"처음 기자회견을 하기에 앞서, 제 소속사 사장님이신 이재명 사장님께서 말씀하신 것처럼 저와 연관된 스캔들은 거짓입니다. 어떤 특정 집단이 무언가 목적을 가지고 조작했다는 것을 끈질긴 추적 끝에 알아냈습니다."

꽈광!

소리는 들리지 않았지만 수현의 말은 기자들의 머릿속에서 폭탄이 터진 것과 같은 충격을 주었다.

기자의 본분에 대한 말을 했을 때도 놀라웠지만, 이번에 한 말은 그 영향부터가 달랐다.

기획사 사상인 이재명 사장이 그런 말을 했을 때만 해도 자신의 회사에 소속된 스타를 지키기 위해 변명을 하는 것이라 생각했었다.

하지만 스캔들의 당사자인 수현이 언급을 하자 그 진실성이 이재명 사장이 이야기했을 때와는 그 충격량 자체가 달랐다.

사실 기사도 누군가 읽어줘야 그 의의가 있는 것이다.

이재명 사장이 사회적 지위가 수현보다 높을지는 모르겠지만 대중에게 미치는 영향은 수현이 훨씬 높았다.

즉, 그 말은 같은 말을 해도 수현이 할 때 대중이 더 관심을 가지고 듣는다는 말이다.

기자들은 수현의 말이 떨어지기 무섭게 빠르게 그 말을 받아 적었다.

"진실은 여당의 중진 의원이 자신의 잘못을 숨기기 위해 저와 은퇴한 최유진 씨, 그리고 외국의 여배우까지 엮어 아주 추잡한 가십거리로 조작한 것입니다."

"헉!"

정수현의 스캔들이 이제는 다른 직업군도 아니고, 아예 국회의원이 연관된 사건으로 확장되었다.

그것도 현재 정권을 잡고 있는 여당 의원이 거론되고 있었다.

"현 여당인 민주공화당의 국회의원인 나정한 의원과 몇몇 동료 의원들은 지난 7월 1일 일본 자위대 창립 기념식에 참석했던 일이 기사로 나가자……(중략)…… 더 어처구니없는 것은 이들이 그날 참석만 한 것이 아니라 일왕을 숭배하는 기미가요를 불렀다는 것입니다."

"헉!"

"뭐야, 그게 무슨 말도 되지 않는……!"

수현의 말이 끝나지도 않았는데 기자석에서 난리가 났다.

그도 그럴 것이, 일본의 국가인 기미가요는 사실 국가라기 보단 그냥 일왕을 찬양하는 노래다.

일본의 한반도 강점기 당시 조선인들의 정신을 세뇌시키기 위해 주입시켰던 노래이고, 2차 대전 당시 징용과 징병을 정당화시키기 위해 부르기를 강요했던 노래다.

일본이 2차 대전에서 패전을 하고 폐지되었다가 1999년

우익이 급성장을 하면서 다시 국가로 제정이 되었다.

하지만 기미가요는 그 가사 내용을 보면 어느 곳에도 일본 국가에 대한 노래라 볼 만한 것이 없었다.

그저 일본의 왕, 자신들이 하늘의 왕이라 부르는 일왕의 통치가 천년만년 되라는 내용일 뿐이다.

그런 노래를 대한민국의 국회의원, 그것도 여당의 중진 의원이 자신의 계파 의원들과 함께 일본 군대라 볼 수 있는 자위대 창립일에 가서 불렀다는 건 어떤 변명으로도 이해할 수 없는 행위였다.

웅성웅성.

"그게 사실입니까?"

"증거가 있는 것입니까?"

방금 전 수현이 한 말은 어떻게 보면 무척이나 위험한 발언이었다.

국내뿐만 아니라 로열 가드의 또 다른 활동 무대인 일본과도 연관이 된 발언이기 때문이다.

더욱이 현재 일본은 혐한이라고 해서 한류에 반대하는 분위기가 사회 도처에 만연해 있는 상태다.

아직까지는 한류를 좋아하는 팬들이 많아 이를 저지하고 있지만, 국가적 일에 일본인들이 보이는 비이성적인 집단행동은 평범한 사람이 예측하기 힘든 수준이었다.

일본인 개개인은 지식인으로서 시민 의식과 준법정신이

높다고 평가되지만 집단을 이루었을 때는 그런 개인적인 도덕적 우위와는 전혀 반대로 아주 낮은 도덕수준을 나타냈다.

대중교통이 발달하면서 세계는 급속도로 넓어져 일일 생활권이 되었다.

지구 반대편을 가는 데도 하루면 되었다.

그렇게 과학기술이 발달이 되고 생활의 영역이 넓어지면서 국가와 민족을 떠나 지구 공동체 의식이 넓어지고 있음에도 불구하고, 일본의 우익은 아직도 2차 대전이 있던 그 시대에서 벗어나지 못하고 있었다.

한국의 일부 정치인들도 대한민국을 아직도 일본의 식민지로 인식을 하는 것인지, 당시 일본이 한반도를 강점한 것에 대해 아무런 불만도 가지지 않고 일왕을 찬양하고 있다는 사실에 기자들은 물론이고, 이를 지켜보는 많은 이들이 분노했다.

*   *   *

정의구현 : 이게 사실이냐? 정치권에서 일부러 물타기 하려고 정수현하고 최유진이 스캔들을 조장했다는 것 말이야?

수현LOVE : 킹덤에서 증거 자료라고 배포했잖아요. 킹덤 엔터 홈피나 아발론 카페 가보세요. 다 나와 있어요.

└ X0018 : 저거 어떻게 믿냐? 최유진 은퇴하고 로열 가드까지 망할까 봐 킹덤에서 조작한 것일 수도 있는데.

└ 나이트NO1 : 그런데 이 새X 이상하게 닉네임 익숙한데. 그리고 보니 정수현 스캔들 기사에 계속해서 비슷한 닉네임 사용하는 악플 있던데!

수현마눌 : 맞아요. 제가 캡처한 기사 댓글 중에도 저 닉네임과 비슷한 댓글 있는 거 같아요.

└ 1004미소 : 어쩐지 이상하다 했어! 연예인 스캔들 기사라고 난 것도 별거 아니고, 그런 것이 이렇게 오래가는 것도 이상했는데. 역시나 헬조선 구케이원 도조 정한 데스! 입으로는 나라를 위해 봉사하겠다고 하더니 역시나 일본 앞잡이 후손답게 뒤로 일왕 찬양하고 있었군!

정의구현 : 그런데 정말로 확실한 거냐? 자칫 잘못하면 명예회손으로 고소미 먹을 수 있는데?

└ X0013 : 새X야, 사실은 뭐가 사실이야! 그리고 한글이나 때고 짓거려라!

└ 정의구현 : 내가 명예훼손을 회손으로 오타를 썼다고 지적질을 하는데, 한글이 아궁이냐? 때긴 뭘 때! 병신아! 때가 아니라 떼다. 그리고 짓거려라가 아니라 지껄여라다. X병신 인정이냐! 너도 한글 떼지 못했으면서 어디서 지적질이야!

＊　　＊　　＊

수현이 기자회견을 한 뒤로 그것이 방송 뉴스로 나가자 이전 스캔들이 터졌을 때보다 더 충격을 가져다주었다.

띠동갑도 더 되는 나이 차로 인해 스캔들이 진실인지 거짓인지 판별이 되기도 전에 한순간에 국민들 사이에서 이슈가 되었던 것 이상으로 이번 기자회견도 사람들을 놀라게 하였다.

그도 그럴 것이, 대한민국 국민들에게 일본이란 나라는 참으로 가깝고도 먼 나라다.

이는 역사적으로 일본 민족에게 당한 것이 많은 한민족 정서 깊은 곳에 남아 있는 한 때문일 것이다.

그 때문에 한국인들은 일본과 연관된 어떤 문제에서든 이기기를 바랐다.

주는 것 없이 미운 존재, 그것이 바로 일본인 것이다.

그런데 다른 사람도 아니고, 국민의 대표라 하는 국회의원이 일본 자위대 창립 기념식에 참석을 하여 일왕을 찬양하는 기미가요를 불렀다고 하니 너무도 기가 막혔다.

2차 대전 당시 아픔이 아직도 가시지 않았고, 또 그 당시 벌였던 일본 정부의 잘못을 제대로 사과도 하지 않고 있는 마당에 여당 국회의원이란 자들이, 비록 군대는 아니지만 이미 군대나 마찬가지인 일본 자위대 창립 기념식에 참석해 찬양을 했다는 사실이 어처구니가 없었다.

거기다 자신들도 부끄러운 일이란 걸 아는지, 기사가 나 간 것을 사람들이 보지 못하게 관심을 돌리기 위해 연예인 의 스캔들을 터뜨렸다는 것에 또다시 기가 막혔다.

정치권에선 언제나 이랬다. 무언가 잘못이 국민들에게 알 려질 것만 같으면 요상하게 연예인들의 사건들이 터졌다.

연예인의 음주 운전이나 대마초나 향정신성 물질(마약) 투여나 스캔들이 그것이다.

요즘은 그도 식상할 것 같으면 연예인의 음주 폭행, 또는 성폭행 등 국민들을 자극할 만한 것을 터뜨렸다.

이번 일도 그렇다. 사실 정수현과 최유진의 스캔들 증거 라고 나온 사진도 별거 없었다.

그냥 친한 동료의 집에서 나오는 모습만 찍혀 있을 뿐이 다.

손을 잡는다거나 연애를 증명할 만한 어떤 장면도 나와 있지 않았다.

그럼에도 국민들의 관심을 끈 것은 단순한 스캔들이 아니 라 여기에 또 다른 여성이 등장하기 때문이다.

외국인이, 그것도 유명 여배우가 등장을 하고, 게다가 그 녀가 한 차례 정수현과 연관이 된 덕분에 사람들의 기억에 남아 있었기에 스캔들은 단순 남녀의 만남이 아니라 어린 한 남자를 두고 나이 많은 여자 연예인 두 사람이 다투는 삼각 스캔들로 확대되었다.

거기에 더한 자극을 주기 위해 일본인인 마리아 료코가 한국에서의 스케줄을 하기 위해 업무차 매니저와 함께 왔음을 알면서도, 매니저를 살짝 빼고 마리아 료코와 수현이 함께 호텔로 들어가는 것만 사진으로 찍어 퍼뜨렸다.

사실 일본인인 마리아 료코만 아니었더라도 스캔들이 이렇게까지 퍼지고 오래가진 않았을 것이지만 스캔들을 조작한 이들은 한일 감정을 집요하게 이용해 스캔들을 터뜨렸고, 그들이 기획한 대로 자신들의 약점이나 마찬가지인 뉴스는 사람들의 관심에서 벗어났고, 그 스포트라이트는 아이돌인 수현과 최유진이 뒤집어썼다.

뒤늦게 이러한 사실이 수현의 기자회견으로 밝혀지자 사람들은 자신들이 속은 것을 깨닫고 분개했다.

흥분한 사람들은 가장 먼저 민주공화당 당사로 몰려가 집기를 부수며 난동을 부렸다.

너무나 많은 사람들이 몰려든 때문에 민주공화당 소속 국회의원들과 관계자들은 몰려든 사람들을 피해 도피를 하며 경찰에 자신들의 안전을 위탁했다.

하지만 분노한 국민들의 화를 그것만으로 막을 수는 없었다.

민주공화당 당사는 물론이고 국회 앞까지 몰려간 분노한 국민들은 민주공화당 국회의원은 물론이고 야당 국회의원들까지 싸잡아 성토를 하고 달걀을 던졌다.

이 때문에 일부 시위자들이 경찰에 구속이 되었지만, 경찰은 물론이고 검찰도 이들을 함부로 처벌을 할 수가 없었다.

법적으로야 국회의원에게 테러를 가했으니 엄중한 처벌이 불가피하지만, 현 상황에서는 그런 법리적인 처벌이 쉽지 않았다.

민주공화당 소속 국회의원 일부가 일본 자위대 창립 기념식에 참석해 일왕을 참배하고, 그것을 국민들이 알까 봐 엉뚱한 사람을 곤란하게 만든 사실이 있기 때문이다.

국회의원, 그들은 한 명 한 명이 국민을 대표해 정부의 행사를 감독하는 헌법 국방부 직할부대 및 국방부 직할부대 및 기관이다.

그런 존재이기에 그 어떤 불법적인 테러에도 강경 대응을 한다.

하지만 그들 또한 국민의 인기(투표)로 그 자리에 오른다.

어떻게 보면 연예인과 참으로 비슷한 경향을 보인다.

대국민 오디션처럼 여러 명의 후보들이 나와 국민들에게 자신을 뽑아달라고 경연을 한다.

그리고 국민의 선택(투표)을 가장 많이 받은 후보가 국회의원으로 당선이 된다.

그러니 과격 시위를 했다고 마냥 처벌을 주장할 수도 없었다.

스타워이드

자신들의 동료가 잘못된 행동을 하여 국민의 분노를 샀기에 국민들이 들고일어난 것이기 때문이다.

이렇게 국민들은 자신들의 손으로 뽑은 대표가 자신들이 원하는 일이 아닌 일을 하고, 또 자신들을 속였다는 데 크게 분노를 하였다.

그리고 이런 시위 현장에 가장 앞장선 것은 다른 누구도 아닌 수현이었다.

자신이 가장 피해를 본 장본인이고, 자신의 권리를 찾기 위해 기자회견에서도 말을 했듯 직접 국회 앞으로 나가 소리쳤다.

물론 연예인으로서 어떤 불이익이 부메랑처럼 돌아올지 모르지만 수현은 그 어떤 것도 두렵지 않았다.

권력(국회의원)이 자신의 앞길을 막겠다면 연예인을 그만두면 된다.

그도 아니면 외국으로 이민을 가도 상관이 없었다.

연예인이 된 지 몇 년 되지 않았지만 엄청난 인기로 인해 일반인은 쉽게 상상하기도 힘든 돈을 이미 벌어놨기에 그 어떤 것도 두렵지 않았다.

〈『스타 라이프』 제9권에서 계속〉